왕서개 이야기 A Hawk

이음희곡선

김도영

왕서개 이야기 A Hawk

일러두기

「왕서개 이야기」는 2020년 10월 28일부터 11월 8일까지 남산예술센터 드라마센터에서 초연되었다. 이 책은 그 공연에 맞추어 발간되었다.

공연의 출연진 및 제작진 크레디트는 다음과 같다.

작	김도영
연출	이준우
출연	전준용, 강신구, 박완규, 김은희, 이종윤
조연출/무대감독	장한새
무대	신승렬
조명	노명준
음악	옴브레
음향	유옥선
의상	EK
분장	장경숙
소품	김종은
기획	임예지
사진	이강물

차례

등장인물

왕겐조 (본명 왕서개. 중일전쟁 후 도항하여 중국계 일본인으로 살고 있음)
작전명 이치고
작전명 임팔
하나코
작전명 릴리

때
1953년

곳
일본, 각기 다른 일본인의 집 내부

1장. 작전명 이치고

일본식 실내. 작전명 이치고가 테이블에 앉아 차를 마시며,
라디오 음악을 듣는다.
왕겐조가 들어온다.
그의 품에는 낡은 궤짝이 들려 있다.
이치고는 왕겐조를 보자 반갑게 손을 들어 보이며 인사한다.
이치고는 왕겐조보다 다소 어려 보이지만, 그럼에도
중국계 왕겐조에게 말을 높이지 않는다.

이치고   (손을 가볍게 들고, 밝게) 왔어? 이게 얼마 만이야.

왕겐조는 허리를 숙여 인사를 한다.
그리고 들고 온 궤짝을 이치고의 테이블 위에 올려둔다.
여전히 라디오에서는 일본 엔카가 흘러나오고 있으며,
음악은 차분하고, 고즈넉하며, 잔잔하다.

왕겐조   한 달에 한 번씩 뵙고 있죠.
이치고   한 달에 한 번? 그거밖에 안 되나?
왕겐조   예. 한 달에 한 번 요코하마의 저희 가게에서
             물건을 시키니까요.
이치고   두 번으로 늘려야겠네.
왕겐조   (옅게 웃으며) 그건 안 됩니다.
이치고   어째서? 더 팔아준다는데?

왕겐조	여기까지 물건을 가져다드리는 데 꼬박 하루가
	걸립니다. 더 팔아도 하루는 손해를 보는 셈이지요.
이치고	그러게 내가 사람을 보낸다니까.
왕겐조	괜찮습니다. 한 달에 한 번은… 제 눈으로 직접
	뵙고 싶으니까요.
이치고	시키긴 내가 시켰는데, 거꾸로 내 집에 찾아오는
	손님 같네.
왕겐조	(옅은 미소) 별 말씀을요.
이치고	차 한잔해.

왕겐조는 테이블에 앉는다.
이치고는 왕겐조의 찻잔에 차를 따른다.

이치고	좋은 차일수록 색은 연하고, 향은 깊고,
	첫맛과 뒷맛이 다르거든.
왕겐조	(찻잔을 들여다보며) 정말 그러네요.
이치고	더 중요한 건 말이야. 품질이 어릴수록 좋아.
	어린잎은 물만 닿아도 금방 풍성해져. (웃음을 흘리며)
	어린 여자애들처럼. (짧은 사이) 마셔 봐.

왕겐조는 천천히 한 모금 마신다.

이치고	어때? 정말로 처음과 끝이 다른 맛인가?
왕겐조	(음미하며) 네… 정말 그런 것 같아요.
이치고	그래? 어떻게 다른데?
왕겐조	입 안에 있을 때랑, 목구멍으로 넘긴 다음이

다른 것 같네요.

이치고도 한 모금 마신다. 그는 입 안에서 차 맛을 느낀 뒤,
꿀꺽 넘긴다.
잠시 사이.

이치고　　(계속 맛을 음미하며) 목구멍으로 넘긴 다음이라는 건…
　　　　　혓바닥에 남아 있는 듯한 쓴맛을 얘기하는 건가?
왕겐조　　네. 혓바닥의 양쪽 끝에서 약간의 쓴맛이 올라오는
　　　　　것 같아요. 마실 땐 쓴맛이 없었는데, 넘기고 난
　　　　　다음에야 올라오네요.

이치고는 혓바닥을 길게 내밀고, 다시 넣는다.

이치고　　여기? 이 신맛이 나면 침이 고이는 데에서 말이지?
　　　　　(무언가 곰곰이 연구하듯) 그러면… 이렇게 말하면
　　　　　되겠네. (짧은 사이) 쓴맛이 천천히 우러나와 혀에
　　　　　감도니… 병 속의 잎이 참인지, 내 혓바닥이 잎인지
　　　　　모르겠구나!

잠시 사이.

이치고　　도대체 무슨 맛이 어떻게 다르다는 건지 모르겠네.
왕겐조　　(옅은 웃음) 좋은 차일수록 다르다고 말씀하셨잖아요.
이치고　　내가 한 말이 아니야. 다른 놈들이 그렇게 떠드는
　　　　　거지. 난 차에 대해선 별 재미를 못 느끼거든.

산해진미는 알아도 다선일미는 모른다고.
근데 뭔 놈의 선물은 주구장창 찻잎이나 들어오고,
이 차에 대해 한 말씀 해달라고 난리들이야.

왕젠조　(옅은 웃음으로 받아쳐준다) 그러면… 방금처럼
　　　　말씀하세요.

이치고　차에 대해서 좀 아나?

왕젠조　재스민이라면 많이 마셨지요.

이치고　아… 알지, 알아. 나도 한때 거기서 꽤나
　　　　마셨으니까. 재스민은 꽃잎인가?

왕젠조　아니요. 잎에서 꽃향기를 나게 한 거예요.

이치고　꽃 냄새가 나는 잎이라… (짧은 사이) 그래서 그렇게
　　　　꽃 냄새가 났구나…

왕젠조　음악을 듣고 계셨네요.

이치고　세상이 좋아졌어. 군가는 듣기가 힘들어.

왕젠조　군가요?

이치고　그래, 군가. (담담하게 군가 하나를 부른다. 그의 노랫소리는
　　　　라디오의 엔카와 겹쳐진다) 눈의 진군, 얼음을 밟으며–
　　　　어디가 강이고 어디가 길인지도 모르겠고– 말은
　　　　쓰러지는데 버리지도 못하고– 여기는 어딘가 온
　　　　천지가 적국이구나– 할 수 없이 멈춰서 대담하게
　　　　담배 하나 태우니, 불안하게도 남은 담배 두 개뿐–
　　　　하지만 괜찮아. 어차피 살려 보내줄 생각은
　　　　없으니까. 하지만 괜찮아. 어차피 두 개비 안에
　　　　끝낼 테니까.

침묵.

이치고는 담배 하나를 말기 시작한다.

이치고   들어봤어?

왕겐조   (짧은 사이) 네.

이치고   〈눈의 진군〉이야. 만주는 얼마나 춥던지.

왕겐조   예. 만주가 유독 춥지요.

이치고   (담배 말며) 이상하게 그때 거기서 핀 담배 맛이
          안 난다니까. (왕겐조를 보고) 담배 피나?

왕겐조   끊었습니다.

이치고   뭐하러?

왕겐조   (엷게 웃으며) 집사람이 담배 냄새라면 경기를 해서요.

이치고   마누라가 겐조 꼭대기에 앉았구만?

왕겐조   (계속 웃으며) 그러라지요.

이치고   팔로군이었겠네.

왕겐조   예. 그렇긴 한데, 그게 뭐든 소속이 마음대로
          되나요.

이치고   원래 전쟁이 그래. 농사꾼이 닷새 만에 군인이
          되고, 책이나 보던 놈들이 한자리 차고앉아서
          작전을 짜고… 솜털도 안 가신 애들은 훈련병이,
          출세 한번 해보겠다고 눈 몇 번 질끈 감으면
          사단장이… 근데 눈도 자꾸 감으면 내가 감았다
          떴다는 것도 잘 몰라. 깜빡이는 건 내 의지가
          아니거든.

왕겐조   (짧은 사이) 선생님 얘긴가요?

이치고   그냥… 전쟁 얘기야.

왕겐조   요즘은 어딜 가도 사람들이 더 이상 전쟁 얘기는

	안 하려고 하지요.
이치고	그렇지. 웃자고 할 얘기는 아니니까.
왕겐조	그렇지요… 웃음이 필요한 세상인가 봅니다.
이치고	맞아. 맞는 말이지. 겐조는 가끔 말하는 걸 보면 배운 사람 같단 말이야.
왕겐조	제가요? 전혀 아닙니다.
이치고	학교는 어디까지 나왔어?
왕겐조	학교는 못 갔고, 간신히 글자만 배웠어요.
이치고	중국은 그게 문제야. 사람들이 배우질 못해. 안 그런가?
왕겐조	맞습니다.
이치고	못 배운 사람이 많으면 사회가 발전이 안 되는 법인데. 자식은 있고?
왕겐조	(짧은 사이) 그게 참 안타깝게 됐습니다.
이치고	마누라 떠받드느라 애도 못 가졌나?

왕겐조는 그저 슬며시, 구슬프게 미소 짓는다.

이치고	괜한 걸 물었네.
왕겐조	따님은 잘 지내지요? 아홉 달 전에 뵌 게 마지막이네요.
이치고	다 컸어.
왕겐조	이제 열 살이잖습니까.
이치고	다 큰 자식에 관해서 말하자면 말이야, 심술을 부리는 대신 스스로 입을 다물 수 있게 되는 거야. 정숙해진 거지.

왕겐조   예…

이치고   일본어는 용케 잘 배웠네?

왕겐조   고생을 좀 했는데, 다 괜찮게 됐습니다.

이치고   그래? 받아쓰기라도 한번 해봐야겠네. (잠깐 웃고는)
         이것도 병이야. 직업병. 애들 가르치다 보면
         어른도 가르치려고 들거든. 그건 그렇고,
         (상자를 보며) 내가 시킨 것보다 적어 보이는데?

왕겐조   나머지는 마차에 실어서 보냈는데, 금방
         도착할 겁니다.

왕겐조는 테이블에 올려둔 나무 궤짝의 뚜껑을 연다.
그리고 안에 있는 물건들을 꺼낸다.
궤짝 안에서는 대부분 한눈에 보더라도 중국의 냄새가 나는
물건들이 나온다.

왕겐조   이건 보관이 까다롭거나 값이 나가는 것만 따로
         담았어요.

이치고   중국에서 하도 오래 살아서 그런지, 가끔 거기
         음식이 생각난다니까. 입맛이 변해버렸어.

왕겐조   (하나씩 물건 꺼내며) 이건, 사모님이 주문하신 거고…
         이건 따님께서 말한 거고요, 이건 선생님께서
         얘기하신 거. 다 맞죠? 물건 값 다 제하고, 남은
         돈은 제가 요코하마에서 여기까지 왔다 가는
         차비로 썼습니다.

이치고   커피는?

왕겐조   주신 돈으로 커피까지는 살 수가 없어서요. 요새

미국 상인들이 점점 원료 값을 올리고 있어요.
지난번에 저희 가게에 있는 요코하마 커피는 입에
안 맞는다고 하셔서.

이치고   그래서. 돈이 모자랐다?

왕젠조   네, 그렇습니다.

이치고는 담배를 말던 손을 멈춘다.
그리고 라디오도 끈다.
잠시 사이.

이치고   중국에서 요코하마에 온 지 얼마나 됐지?

왕젠조   4년 정도 됐습니다.

이치고   요코하마 차이나타운에 자리를 잡은 건?

왕젠조   2년 반 정도 된 것 같네요.

이치고   가게 수입을 제일 많이 올려주는 건 차이나타운에
사는 중국인들인가?

왕젠조   아니요… 일본 분들이지요.

이치고   그렇지? 장사를 계속하게 해주는 건 일본인이지?

왕젠조   네.

이치고   근데 말이야. 곰곰이 생각하니까, 어쩐지 물건 값을
더 받은 게 아닌가 하는 생각이 들어.

왕젠조   네?

이치고   내가 매번 물건을 시킬 때 주는 돈이 줄지 않는데,
물건은 점점 줄어.

왕젠조   그거야… 물가가 오르니까요…

이치고   다른 데는 돈이 줄어도 서비스라는 게 더 많다는데.

	그건 어떻게 된 거지?
왕겐조	가게마다 물건 값이 조금씩 다르긴 하겠지만…
	대부분 비슷한 값이에요.
이치고	(사이) 그런가?
왕겐조	(웃으며 굽실거린다) 죄송합니다, 제가 아직 장사
	시작한 지 얼마 안 돼서 요령이 형편없습니다.
	다음에 찾아뵐 때는 커피만 아니라 다른 것도
	더 챙겨드릴게요.
이치고	(이제야 다시 쾌활하게) 그렇지?
왕겐조	예. 그럼요. 일본 손님이 은인인데, 제가 몰라뵌
	거죠.

이치고는 다시 흡족한 듯 라디오를 켠다.

이치고	내 말에 너무 서운해하지 말라고. 요새 그쪽 동네가
	자기 동포한테는 퍼주고, 돈은 일본인한테 배로
	벌어들인다는 소문이 있어서. 뿌리를 뽑아버려야
	돼. 안 그런가?
왕겐조	그럼요.

잠시 사이.
이치고는 담배 말던 것을 다 말았다.
그러고는 남은 차를 마시며 왕겐조를 바라본다.
왕겐조는 차를 천천히 마시며 가만히 있다.

| 이치고 | 갈 길도 멀 텐데, 그럼 다음 달에 또 보자구. |

왕겐조는 할 말이 있는지, 일어나진 않고,
찻잔을 만지작거린다.

왕겐조   예… 다음 달도요.

찻잔을 두고 왕겐조는 천천히 일어나려 한다.
그러고는 테이블에 올려둔 나무 상자의 뚜껑을
천천히 닫는다.

이치고   (왕겐조가 뚜껑을 닫고 있는 것을 보며) 그 궤짝, 오래돼
             보이는데.

왕겐조는 잠시 멈춘다.

왕겐조   왜… 그런 걸 물으시는지.
이치고   뭐가? 그냥 오래돼 보인다는 것뿐인데.
왕겐조   그게 아니라… 올 때마다 이 상자를 여기에
             올려놨는데, 한 번도 물어본 적이 없으신데요.
             왜 오늘은 물어보십니까?
이치고   그랬나? 내가 또 괜한 사연을 물어본 건가?
왕겐조   아니요. 그게 아니라, 항상 아무 말 없다가,
             왜 오늘은 이 상자가 궁금해지셨는지 그걸
             묻는 겁니다.
이치고   그게 무슨 말이야? 궁금한 게 아니라,
             오래돼 보인다는데.
왕겐조   그러니까. 왜 오늘 이 상자가 오래된 것처럼

보였냐는 말입니다.

사이.

이치고 　　좀 이상하네. 무슨 말인지도 모르겠고.
왕겐조 　　21년 됐습니다.
이치고 　　그래… 오래된 게 맞네.
왕겐조 　　(상자를 어루만지며) 저는 어제 같은데요.
이치고 　　시간이야… 뭐… 느끼기에 따라 제각각이니까.
　　　　　　잘 가게.

이치고는 자신의 말을 마치자마자 라디오 소리를 높인다.
왕겐조는 상자를 품에 안 듯 들었다가, 다시 내려놓는다.

왕겐조 　　저기, 선생님.

이치고는 불편한 듯, 왕겐조를 바라보다가 라디오 소리를
다시 낮춘다.

이치고 　　또 뭐지?
왕겐조 　　제가 작은 부탁을 하나 해도 될까요?
이치고 　　(짧은 사이) 내가 좀 바쁜데.
왕겐조 　　별 거 아닙니다.

왕겐조는 품속에서 종이 한 장을 꺼내서, 이치고에게 내민다.

왕겐조   별 건 아니고… 지금 몇 자만 써주시면 돼요.

이치고   좀 바빠서. 벌써 시간을 뺏기기도 했고.

왕겐조   부탁 좀 드리겠습니다.

이치고   미안, 미안해. 다음에 하지.

왕겐조   10분, 5분이면 됩니다.

이치고   (말 끝나기 무섭게 짜증스럽다) 바쁘다고 했잖아!

왕겐조는 약간 주춤한다.
그러나 잠시 마음을 가다듬고, 다시 차분해진다.

왕겐조   제가 올 때까지도 라디오를 듣고 계셨죠.
        제가 와서도 차 한잔을 하고 가라고 하셨고요.
        그동안 담배도 몇 개 말았고, 좀 불편해지긴 했어도
        몇 마디 이야기도 나누었습니다.

이치고   한가해서 그런 게 아니야.

왕겐조   저도 그냥 가려고 했는데, 오늘은 이 상자에 대해서
        물어보셨습니다.

이치고   물어본 게 아니라니까. 오래된 뭔가를 보고,
        그냥 오래됐다고 말한 거잖아.

왕겐조   예. 21년이나 된 나무 상자니까요. 여기에 물건을
        담고 날랐다고는 생각하기 어렵습니다. 한 번도
        상자에 대한 말이 없으시다가, 오늘은…
        오늘이었습니다.

이치고   알았어. 뭘 써주면 되지? 5분이면 된다고?
        그럼 써줄 테니까, 빨리 받아서 가.

왕겐조는 잠시 말이 없다.

이치고   뭐냐니까!?
왕겐조   자백섭니다.

침묵.

이치고   자백서… 라고?
왕겐조   예.
이치고   무슨 자백서…?
왕겐조   선생님은 전쟁 후에 요코하마에서 유명한 교수님이
            되셨죠. 그건 참 대단한 일입니다.
이치고   그래서?
왕겐조   전쟁 때는 어땠는지 몰라도, 지금은 좋은 분이라는
            말이죠.
이치고   그런데?

사이.

왕겐조   32년에 딸자식 하나에 집사람이랑… 그리고
            기르던 매도 열댓 마리를 보냈습니다.
이치고   (짧은 사이) 안됐네. 32년이면… 그럴 때야.
왕겐조   아실 거라고 생각합니다. 저는 사냥꾼이었어요.
            만주에서. 선생님이랑 만난 적이 있죠.
이치고   나를?
왕겐조   선생님 한 분은 아니고 다른 네 분이 더 계셨습니다.

어떤 분이 제 매를 쏴서 죽였죠. 하늘의 전삽니다. 그놈 이름. 2년 반이나 공들였던 놈인데, 사냥 솜씨나 인물이나 아주 좋은 놈이었어요. 하늘의 전사예요. 그놈 이름이.

이치고　　나는 모르겠는데.

왕겐조　　사람이랑 그놈들 사이에는 일생에 한 번밖에 없는 약속이 있어요. 매에 대해서는 잘 모르실 겁니다. 매들이 그래요. 한번 약속이 깨지면, 다시는 (팔을 내밀며) 이 팔에 앉힐 수가 없어요. 그때가 벌써 21년이나 됐고… 저도 선생님들도 아마 분쟁이나 다툼을 해결하는 방식에 서로 문제가 있었을 거예요. 저는 그렇게 이해하게 됐습니다. 다섯 분이 잘 모르셨다고. 제가 지금 하늘의 전사 얘기를 하는 게 아니고, 그러니까 다른 것에 대해서 말하는 겁니다. 서로 다른 것. 제가 항의를 했습니다. 다섯 분한테요. 매가 죽고 제가 항의를 했다가 개머리판으로 머리나 한 대 맞은 게 전붑니다. 제가 뵌 건 다섯 분이었는데, 더 늘었는지는 모르겠습니다. 아무튼 다섯 분은 만주 사냥터를 점령하셨어요. 거기가 워낙 좋은 데예요. 하늘도 탁 트이고, 여기 요코하마나 일본 전체에 비하면 만주 같은 땅은 찾아보기 힘들 겁니다. 그래서 아마 그러셨을 거예요. 그래서 사냥터를 독차지하고 싶었을 거예요.

이치고　　지금 무슨 말을 하는 거지?

왕겐조　　다른 사냥꾼들도 다들 항의를 했었죠. 사냥꾼이

사냥터를 뺏기면 할 일이 없어요. 그래서 항의를
할 수밖에 없어요. 근데 사냥꾼에 대해서도 잘
모르셨을 거예요. 그때 합의만 잘됐어도 우린 다
괜찮게 살았을 거고요. 물론 몇 년 뒤에는 전쟁이
터졌겠지만, 차라리 그게 다 전쟁 때문이라고
생각하면 그건 또 그거대로 괜찮은 거니까… 근데
전쟁 전이었어요. 그래서 더 그런 걸 거예요.
전쟁이 아니었으니까. 마을이 없어졌어요. 저희
마을이… 작은 마을이었는데. 너무 작아서 놀라셨을
거예요. 거기가 사냥꾼들 마을이거든요. 모두가
매를 기르고, 훈련을 시키고, 옆에는 자식들이
그걸 배우고, 저는 딸아이 하나밖에 없었는데
나중에 걸음마를 시작하면 꼭 알려주고 싶었어요.
제가 맺은 약속을 물려주고 싶었으니까요.
매들이 죽고, 아내도, 딸자식도 죽었습니다.
(짧은 사이) 다섯 분한테요.

이치고   난 사냥터 같은 건 몰라. 전쟁터는 알아도,
사냥터는 가본 적도 없어.

왕겐조   보복이라고 생각했습니다. 사냥꾼들이 항의를 해서
시작된 보복이라고요. 그래서 겁을 주려고 다시는
대들지 못하게 하려는 보복이거나, 사냥터를 아예
가지려고 그런다고 생각했어요. 사냥터가 그렇게
되고, 사냥꾼들이 다섯 분 막사에 찾아갔을 겁니다.
저는 안 갔어요. 저 혼자… 어차피 안 될 거라고
생각했어요. 우린 라이플도 아니고 엽총에다가,
채찍이 전부예요. 그런 걸로 뭘 해보겠어요. 그래서

저는 안 갔습니다. 총소리를 여러 번 들었어요.
다들 저한테 겁쟁이라고 손가락질을 했는데,
막사에서 돌아온 사람이 아무도 없었습니다.
전 알고 있었어요. 잘될 리가 없다고. 겁쟁이가
살아남은 거예요. 근데 아무리 보복이라고 해도
왜 그렇게까지 했는지 궁금해서 한동안은 견딜
수가 없었어요.

이치고　　그만, 그만하지.

왕겐조　　그때 만주를 떠났어야 됐습니다. 제가요. 매들을
전부 풀어주고, 가족을 데리고 떠났어야 됐습니다.
그랬으면 아무 일도 없었겠지요. 금방 전쟁이
터졌지만… 사냥터에 사냥꾼을 그렇게 만드신 것도
모자라 다섯 분은 마을까지 찾아오셨습니다. 말을
타고요. 한 분씩 말을 타고… 사냥을 하셨습니다.
저는 없었어요, 마을에. 제가 돌아왔을 땐…
(짧은 침묵) 그렇게 돼 있었습니다. 뭔가 하고 싶어도
저는 겁쟁이니까요. 21년 만에야 결심을 한 겁니다.
물어봐야겠다… 근데 다섯 마리 말만 기억나고,
얼굴도 이름도 몰랐습니다. 그러다가 요코하마에서
선생님을 뵀습니다.

이치고　　나를 몇 달이나 봤으면 잘 알겠네. 내가 그런
사냥을 즐길 사람으로 보여?

왕겐조　　그 다섯 분이 아니라는 말이십니까?

이치고　　당연하지. 겐조가 헛수고를 했네.

왕겐조　　저는 알아야겠습니다. 다섯 분 중에 누가 제
딸아이를 말발굽으로 찍어 내렸는지, 제 아내를

	끌고 가서… 어디에 묻었는지.
이치고	끔찍한 소리. 난 이런 데 앉아서 담배나 말고, 라디오나 듣는 게 전부인 사람이야. (손사래를 치며) 사냥 같은 건 어울리지도 않을 뿐더러, 가당치도 않아.
왕겐조	전쟁은요…?

짧은 사이.

왕겐조	그게 다 전쟁 때문이라면…
이치고	몇 년 동안 셀 수도 없는 전투를 겪었어. 지금 전쟁터를 사냥터에 비유하는 거야? 고작 만주 사냥터에서 있었던 사사로운 일을 가지고 찾아와서. 전쟁 배상도 아니고, 하늘의 전사니, 사냥터니 하는 말을 떠드는 거야?
왕겐조	오늘 선생님이 물어보셔서요. 이 상자가 오래됐다고.
이치고	(소리친다) 질문이 아니라니까!
왕겐조	아니었을 수도 있습니다. 그래도 (짧은 사이) 그건 질문이었어요. '오늘도 그냥 가려고? 또 그냥 가버릴 거야? 요코하마 차이나타운에서 이름을 바꾸고 장사꾼으로 그냥 살 건가?' (짧은 사이) 그렇게 물어보셨어요.

긴 침묵.

이치고	좋아… 좋아. 내가 그 다섯 명 중 하나란 말인가?
왕겐조	네.
이치고	얼굴도 이름도 몰랐다면서.
왕겐조	안 보면 떠오르지 않아도, 보면 아는 게 있는 법이니까요.
이치고	직감… 같은 건가?
왕겐조	아마도요.
이치고	내가 아니면?
왕겐조	제가 확신하지 못한다면, 선생님은 확실히 기억하고 있겠죠.
이치고	내가 아니라고 한다면?
왕겐조	선생님이 그중 하나가 아니었으면, 몇 달 사이에 제가 느꼈을 겁니다.
이치고	내가 맞다면, 날 알아봤을 때 장사꾼으로 둔갑할 게 아니라, 해코지를 했어야 말이 되지 않나? (짧은 사이) 다섯 명 중 나만 만난 건가?
왕겐조	네.
이치고	다른 넷은? 그 사람들한테도 이렇게 할 건가? 장사꾼으로 속여서, 집을 찾아가서, 몇 달을 공들이고, 어느 날 갑자기 자백서 한 장을 요구하는 방식으로?
왕겐조	그건… 선생님이 하기에 달렸습니다.
이치고	무슨 말이지?
왕겐조	다른 방법을 쓸 수도 있다는 말입니다. 더 남자답고, 울분을 더 표출하고, 요코하마가 아니라 그 어디든 경악할 만한 방식으로요.

그러니까 그날의 일을, 제가 없는 사이에 쑥대밭을 만든 그걸 적어달라는 말입니다.

이치고   자백서로는 뭘 할 거지? 잘 알겠지만, 지금의 나는 전쟁 병사도 아니고, 군인도 아니고, 요코하마의 선생인데. 자백서 한 장으로 내 집과 직장을 박살 내고 싶은 건가?

왕겐조   저한테 그럴 힘은 없습니다.

이치고   그럼?

왕겐조는 상자를 어루만진다.

왕겐조   이 상자는 21년이 된 겁니다. 21년 전 그날 쓴 상자예요. 관으로. 이건 좀 작죠. 딸아이를 묻으려고 만든 거니까요. 뒤뜰에 묻었는데, 관에 담고 싶지 않았어요. 아직 세상을 다 보지도 못했는데. 만주가 얼마나 넓은지도 모를 텐데. 작은 관 속에 묶어두고 싶지가 않아서. 그래서 이거 하나만은 내버려 뒀습니다.

이치고   내 집에 갖다주는 물건을 관에 담아 왔다는 말이네.

왕겐조   사람을 담아 가는 것보다 낫지 않겠습니까?

사이.

이치고   다시 묻겠어. 자백서로 뭘 할 거지?

왕겐조   불안하십니까.

이치고   목적을 말해.

왕겐조   자백서를 써주시면 아무것도 안 합니다.

이치고   안 쓰면?

왕겐조는 대답하지 않는다.
이치고는 자리에서 일어난다.
그리고는 몇 걸음 걸어 다닌다.

이치고   내가 가만두지 않을 수도 있는데.

왕겐조   아니요. 제가 몇 달간 봐온 선생님은… 전쟁이
                 끝나고 만든 이 생활에 만족하고 계십니다.
                 절 가만두지 않으면 생활은 깨집니다. 일본도
                 헌법이 바뀌었고, 살인에 대해서는 죗값이 무겁죠.

이치고   아무것도 하지 않는다는 말을 어떻게 믿지?

왕겐조   저는 계속 요코하마 차이나타운에서 장사꾼으로
                 살아갈 겁니다. 원하시면 가게를 옮길 수도
                 있습니다.

사이.

이치고   겐조.

왕겐조   저는 왕서갭니다.

이치고   세상에 이런 복수는 없어.

왕겐조   어째서요?

이치고   이런 방식의 복수가 겐조한테 어떤 승리를 갖다
                 주지? 나를 불편하게 만들어서 거래를 끊는 것
                 이외에?

이치고, 잠시 왕겐조를 살핀다.

이치고 내가 그 사냥꾼이라면, 조용히 살 거야. 앞을 보고
       사는 거지. 더 많은 우리 일본인과 거래하고, 더
       많은 가게를 갖기 위해 애쓰고, 그래서 요코하마
       차이나타운에서 제일가는 부자가 되고. 어떤
       가족이든 살아서도 죽어서도 바라는 건 그런 게
       아닐까? 내 마누라에 내 딸이라면 자기들 남편이
       인생을 송두리째 복수심에 날려버리는 것보다
       그걸 바랄 거야. 지금 이 꼴을 좀 봐… 그 긴 전쟁을
       끝내고 겨우 이렇게 가까워졌는데, 겐조가 하려는
       그 일이, 상황을 얼마나 복잡하게 만들지 알고
       있어? 똑똑한 사람이 왜 이래. 이건 겐조 한
       사람뿐만 아니라 요코하마 차이나타운 전체를
       얼어붙게 만들 거고, 중국인에 대한 냉대까지
       불러올 거야. 전쟁이지. 지금 전쟁을 다시 하자는
       거야. 새파란 청년들은 또다시 일어나야겠지. 또
       그 자식들은 매일같이 울리는 공습경보를 피해
       숨어 살 거고, 그렇게 살아남은 몇 명은 복수심을
       가질 거야. 그럼 도대체 우리 미래는 어떻게 되는
       거야? 21년 전의 일을 가지고 찾아온 사람한테
       내가 어떤 처신을 해야 되지? 그게 전부 내 탓이고,
       내 의지였나? 내가 모든 걸 지휘한 장본인인가?
       지금 이런 수모를 겪어야 될 만큼? (짧은 사이)
       일본을 봐. 우린 미국인을 환대하고 있지. 일본
       곳곳을 버젓이 걸어 다니는 모든 미국인을

환영하고 있어. 내 가족이 흔적도 없이 한꺼번에
어디로 사라졌는지, 그걸 말해달라는 일본인은
한 명도 없다고. 살아야 되니까. 겐조. 거꾸로
가지 말고, 앞으로 가.

왕겐조   선생님은 그걸 앞으로 나가는 거라고 생각하십니까.

이치고   그럼. 21년을 그렇게 살았다면, 내년엔 달라야지.

왕겐조   여기 일본 분들이 저 같은 사람이었어도
환대하실지 모르겠습니다. 그러니까, 미국이
아니었다면. 그랬어도 아무것도 안 물으셨겠습니까?
내 가족이 다 어떻게 된 건지? 다섯 분은
사냥꾼들의 항의에 보복을 하셨습니다. 지금도…
저한테 어떤 보복을 하면 좋을지 생각하고
계실지도 모르지요. 이번엔 어떤 보복입니까?

침묵.
밖에서 여러 마리 말의 울음소리가 들려온다.
마차가 도착하는 소리이며, 동시에 21년 전 과거로부터의
소리이다.
말의 소리는 점점 더 커져서, 실내를 가득 채울 만큼
고조된다.
이치고와 겐조. 두 사람은 마치 말들의 중심에 서 있는 것처럼
보인다.

왕겐조   마차가 왔네요.

이치고   시간이 그렇게 됐나.

이치고는 탁자 위의 찻잔을 채우려 주전자를 들려다가
왕겐조의 찻잔을 바라보고 멈춘다.

이치고　　(마치 혼잣말을 하듯) 괜한 짓을 했어… (짧은 사이)
　　　　　써주면. 내 집에서 조용히 나갈 건가.
왕겐조　　저 마차를 타고 돌아가겠지요.

이치고, 찻잔에 차를 따른다.

이치고　　쓰지.
왕겐조　　감사합니다.
이치고　　내가 매를 쏴 죽였던 다섯은 맞아. 근데… 마을로
　　　　　들어갔을 때 나는 매 우리가 있는 집은 안 갔어.
　　　　　다행히 그 집을 그렇게 한 건 내가 아니라는
　　　　　말이야.
왕겐조　　누굽니까?
이치고　　글쎄. 누구인지는 나도 모르겠네.

이치고는 잠시 더 서 있다가, 테이블에 앉는다.

왕겐조　　쓰기 전에, 편지 한 장만 적어주십시오.
이치고　　무슨 편지를?
왕겐조　　'요코하마에 좋은 물건이 있어서 선물로 보내. 내가
　　　　　사람을 시켜서 보낼 테니, 안으로 들여줘.' 그리고
　　　　　선생님 성함과 서명도 써주세요.
이치고　　(짧은 사이) 다음은 누구지?

왕겐조	작전명 임팔입니다.
이치고	작전명 임팔…? 그럼 나는?
왕겐조	작전명 이치고였습니다.

이치고는 종이에 쓰기 시작한다.
그사이 조명 바뀌고,
왕겐조는 작전명 이치고의 집을 나와 작전명 임팔에게 향한다.
그가 임팔을 향해 나아가는 길은 변주곡처럼 움직인다.
왕겐조가 과거 참전하였던 임팔 전투에서 총을 들고 진군하는
모습처럼 비춰질 수도 있으며,
앞서가는 말의 뒷모습을 쫓아갈 수도 있다.
전개되는 모든 과정에서 왕겐조가 다음 집을 향해 나아가는
모습들은 결국 복수심을 지닌 채 삶을 헤쳐 나가야 하는
누군가의 모습이다.
내내 앉아서 자백서를 적던 이치고, 끝마치고 나간다.

2장. 작전명 임팔

무대는 간소하게 바뀌고, 거대한 전신 거울이 하나 들어온다.
임팔이 들어온다.
임팔은 서구식 검은 연미복을 입었다. 그는 테이블 위의
라디오를 켠다.
라디오에서는 이치고의 음악과는 사뭇 다른 음악이 흐른다.
그것은 아주 웅장하며, 거대하고, 요동치는 늪 같다.
임팔은 라디오를 들으며 마치 지휘를 하듯 양팔을 힘차게
움직인다.
그리고는 나비넥타이를 정성스럽게 매기 시작한다.
이따금 거울에 비춰진 넥타이가 마음에 들지 않는 듯 다른
것으로 바꾸기도 한다.
이윽고 임팔은 전신 거울 앞에서 고개를 빳빳이 들고 허리를
숙이는, 이른바 일본식 인사를 연습한다.
그는 거울 속 과거의 자신에게 혼잣말을 내뱉는다.

임팔   할 수 있다면, 봄의 벚꽃 아래에서 죽고 싶다.
          기왕이면 보름에. 매월 15일이 좋겠지. 기억하기
          쉬우니까. 정중앙. 가운데. 오늘이 15일인가?
          재수 없게…

임팔은 탁자로 돌아와 술 한잔을 따라 혼자 건배를 하듯
잔을 들어 올린다.

임팔   잘 들어. 저기 먼 고향에서는 우리한테 이런 술을 보내주지 않아. 그렇다고 우리 관동군이 쩨쩨하게 고향에다 간식이나 구걸하면 되겠냐? 우리 몫은 우리가 한다. 위에 잘 보여서 나중에는 이런 막사 말고, 중앙 부처에서 보자고.

임팔, 술잔을 털어 마신다.
그러고는 만족스러운 듯.

임팔   도라, 도라, 도라(Tora, Tora, Tora)*! 중앙 부처.
           (다시 거울로 가서 나비넥타이를 만지며) 더 높은 곳.

왕겐조가 들어온다.

왕겐조   실례합니다.
임팔   올 사람이 없는데.

왕겐조는 이전과 똑같은 나무 상자를 품에 안고 있다.

왕겐조   저는 요코하마에서 온 왕겐조라고 합니다.
임팔   중국인이신가?
왕겐조   예.
임팔   어떻게 들어왔지?

---

* 작전이 성공했음을 뜻하는 것으로, 2차 세계대전 중 일본군이 사용했던 암호명이다.

왕겐조	물품 배달입니다.
임팔	시킨 게 없는데.
왕겐조	무타구치 노부오 선생님께서 선물을 보내셨습니다.

임팔은 그제야 거울에서 돌아서서 왕겐조를 바라본다.

임팔	노부오…? 내가 아는 그 노부오?
왕겐조	네.
임팔	잘 살아 있나 보네. 노부오라… 그래, 뭘 보냈지?

왕겐조는 테이블에 상자를 올려둔다.
임팔이 다가와 상자를 연다.
상자 안에서는 중국풍의 선물과 식품 몇 가지가 있다.

임팔	이건 다 중국산인가?
왕겐조	네. 요코하마 중국인 거리에서 주문하신 물건들입니다.
임팔	아직도 중국에 빠져 사나 보네.

임팔은 고급스러운 차 상자를 집어 든다.

임팔	이건 좀 비싸 보이는데. 이런 걸 살 만큼 형편이 괜찮나 보지? 아니. 그것보다, 그 무식한 놈이 이런 차를 알고나 마시는 건가?
왕겐조	좋은 찻잎에 대해 많이 아십니다.
임팔	그래…?

임팔은 차통을 열어 찻잎의 냄새를 맡는다.

왕겐조　　　재스민이에요. 제일 최상품으로 보내셨는데,
　　　　　　드셔보세요.

임팔은 찻잎을 몇 개 집어 술병 안에 넣는다.

왕겐조　　　실례지만… 오늘이 무슨 날인가 보네요.

왕겐조는 화려하게 차려입은 임팔을 훑어본다.
임팔은 기분이 좋은 듯, 양팔을 들어 보인다.

임팔　　　　훌륭한 연미복이지.
왕겐조　　　딱 맞는 말씀이네요. 훌륭한 연미복입니다.
임팔　　　　그래? 나는 좀 더… 검소한… 그런 옷이 낫지
　　　　　　않을까 하는데. 근데 또 다케다 가문의 체면도
　　　　　　지켜야 되고 말이야. 그래서 이 거울 앞을 떠나질
　　　　　　못해. 가문의 남자한테 의복은 여자들만큼이나
　　　　　　중요하니까.
왕겐조　　　잘 어울리십니다.
임팔　　　　(왕겐조를 위아래로 훑어보며) 중국은 너무 멋대가리가
　　　　　　없어.
왕겐조　　　예…
임팔　　　　거기 여자들은 아직도 갓난쟁이 발인가?
왕겐조　　　이젠 시골 여자들도 전족은 안 하려고 합니다.
임팔　　　　악습이야. 다 큰 몸에 애기 발이 말이 되나? (웃으며)

광동성에서 어떤 여자가 도망도 안 가고 집 안에
앉아 있는데, 보나 마나 그 발 때문이야. 제일
뒤처지는 인간들. 노부오 집에서 일하는 분이신가?

왕겐조　예.

임팔　그 친구는 지금 뭘 하지?

왕겐조　요코하마에서 선생님을 하십니다.

임팔　선생이라고? 무슨 학교? 중학교? 고등학교?

왕겐조　대학굡니다.

임팔　대학? 대학에서 누굴 가르친다고? 그게?

왕겐조　예.

임팔　중학교도 못 나온 얼뜨기가 전쟁 후에
대학교수라… 밑에서 일하고 있으면 좀 알 텐데?

왕겐조　저는 잘 모르겠습니다. 제가 봤을 때는 농담도
잘하시고, 말도 차분하게 하시고…

임팔　세월이 변하니까 사람도 변한 건가. 그럴 리가
없는데.

왕겐조　(옅은 웃음) 무슨 재밌는 기억이라도 있으신가 봐요.

임팔　한두 개가 아니. 하필이면 전쟁 때 부대에서
만난 사이라서 더 미치광이 같았나 보네.

왕겐조　전쟁터에서는 안 그런 사람도 그렇게 되곤 하죠…

임팔　전쟁이 참 그래. 안 그런가? 책이나 보던 것들이
부대 작전 사령관으로 덜컥 들어오거나, 영어 좀
한다는 것들은 사단장까지 껑충이야. 근데, 전쟁이
끝나면 또 마찬가지야. 총 들고 행진하고, 적진에
달려들어서 훈장 몇 개 받으면 그걸로 일본
사회에서는 높은 자리로 단숨에 입성한다고.

임팔은 다시 한번 자신의 나비넥타이를 만진다.

임팔   가운데 중의 가운데, 중앙 부처로. 전쟁에서는 배운
                 놈들이 필요하고, 전쟁 끝나고 사회에서는 조국에
                 공을 세운 놈들이 필요하고.

임팔은 술잔에 재스민 술을 따라 왕겐조에게 내민다.

왕겐조   죄송합니다. 술은 잘…
임팔   마셔. 이거, 차야.

왕겐조는 술잔을 받는다.
그러나 마시지는 못하고, 술잔을 바라만 본다.
임팔은 왕겐조를 바라보며, 자신도 술을 따라 마신다.

임팔   훌륭한 차도 술은 어쩌지 못하는 모양이야.
왕겐조   그런가 보네요.
임팔   사람도 똑같아. 근사한 옷을 입고 좋은 자리에
                 앉아도 본성은 바뀔 수 없는 거거든.
왕겐조   선생님 얘긴가요?
임팔   노부오 얘기야.

임팔은 탁자에 앉아 일본도를 닦기 시작한다.

임팔   공산당인가?
왕겐조   아니요, 저는… 아닙니다.

임팔	그래도 한때는 그랬겠지? 날 때부터 일본은 아니었으니까. 중국 어디에 있었지?
왕젠조	만줍니다.
임팔	만주… 만주. 만주국이겠지.
왕젠조	아. 예. 만주국이요…
임팔	근데 일본엔 왜 건너왔지?
왕젠조	집사람을 찾으려고요.
임팔	아. 지겨운 얘기야. 찾았나?
왕젠조	아니요. 근데, 오늘이 무슨 날인지 여쭤봐도 될까요? 이런 연미복은 입기가 쉽지 않으니까요.
임팔	아직 멀었네. 오늘이 천황폐하의 생신인 것도 몰랐나?
왕젠조	(짧은 사이) 벌써 그렇게 됐네요.
임팔	내가 초대를 받았거든. 신궁엔 아무나 들어갈 수가 없는데, (웃음) 내가 만찬에 초대가 되었다고. 뭘 입어야 된담…? 너무 과하면 계급 의식이 부족해 보이고, 그렇다고 너무 허술하면 얕잡아 볼 텐데 말이야. 멍청한 놈들. 지들이 픽이나 대단해서 거기 껴 있는 줄 알지.
왕젠조	선생님은 대단한 일을 하셨던 모양이에요.
임팔	대단하지. 작년에 지진이 났을 때, 내가 재산을 좀 풀었거든.
왕젠조	아… 훌륭하십니다.
임팔	그렇지? 나보다 더 가진 놈들은 돈 좀 내라고 할 때 다들 꽁무니를 뺐어. 후진 놈들. 기가 찰 노릇이지! 꼴에 배웠다고 유세를 떨더니 결국엔 꼬랑지로

얼굴을 가리는 게 엘리튼가? 어떻게 생각해?

왕겐조 예… 맞는 말씀이네요.

임팔 피와 땀으로 이 나라를 일구고, 역사를 써
내려간 게 누구지? 대학교수들? 학자? (침을 뱉으며)
그것들은 내가 뱉은 침이나 주워 먹고 사는
인간들이야. 근데 그게 다 누구 덕인지 잊어버렸어.
총성에 불길, 비명 같은 건 다 잊어버리고 평화로운
척을 하고 있단 말이야. (옅은 미소) 잊을 만하면
한 번씩 일깨워줘야 돼. 그래야 얼마나 따분할
정도로 안락했는지 반성할 텐데. 전쟁만큼
효율적인 게 없는데도 전 세계가 벌벌 떨면서
3차 대전이니, 뭐니 겁을 먹었어. 3차, 4차, 5차
얼마든지 일어나야 돼. (자신의 훈장을 바라보며) 이거
보여? 내 목숨 값이야. 만주라… 눈에 훤하네.
만주에서 북경. 북경에서 텐진, 남경. 남경에서
상해, 난징. 나는 매일 밤마다 고통 속에서 밤을
샜어. 안달이 나서. (괴로워 못 참겠다는 듯) 피난 가는
년놈들을 그냥 놔둬야 되나… 발소리가 다 들려.
땅바닥을 기어 다니는 버러지 같은 것들. 머리통에
불을 붙여서 정신을 번쩍 차리게 만들어야 돼. 군기
잡는 데는 그게 최고야. 불을 꺼보겠다고 흔들 땐
벌써 늦어. 잘리고 없거든. 대일본제국의 이름으로.

왕겐조 전쟁은. 끝났습니다, 선생님.

임팔 (옅은 미소) 일으키면 되잖아. (자신의 훈장을 바라보며)
부족해. 참을 수가 없어. 만주는 잘 있나? (일본도를
쓰다듬으며) 이게 언제부터 장식품이었더라… 혹시

뒷목에 일직선 칼자국이 있는 사람을 본 적 있어?
내가 만든 창조물인데. 가끔 군인 정신이라는 건
말이야. 아주 가끔, 이상한 걸 건드려. 이상한 기억,
뇌관 같은 거지. 내가 이놈을 죽여야겠다. 내가
이놈을 죽고 싶도록 만들어야겠다. 내가 이놈을
죽을 만큼 해놔야겠다. 포로들 목뒤를 반쯤만
베는 거야. 아주 살살. 극도로 참으면서. 살점의
군더더기를 느끼다 보면… 전율이 와. 내가
도(刀)와 하나가 되는 경지에서. 그렇게 살려준 게
몇 명이더라. 살아 있다면 내 앞에 오고 싶겠지.
자기를 만들어준 장본인이자, 살려준 신이니까.

임팔은 잠시 왕겐조를 바라본다.

임팔　　　겐조라고 했나? 낯이 익어. 뒷목을 좀 보여주면
　　　　　좋겠는데. 걱정 마. 그 사이에 베진 않을 테니까.

왕겐조는 가만히 선 채로 미동도 하지 않는다.

임팔　　　노부오랑 내 사이를 안다면… 나한테 이런 걸
　　　　　보낼 리가 없거든. 그것도 하필이면 중국인을
　　　　　시켜서. 못 보여주겠나?

왕겐조는 천천히 돌아서서 자신의 뒷목을 보여준다.
임팔은 일본도를 들어 마치 왕겐조의 목을 그어내듯이
천천히 칼을 가로로 긋는다.

상상의 살해에서 임팔은 전율을 느끼고.

임팔   살려준 기억이 없어. 그래서 내가 신이 못 되나 봐.
                아쉽네… 한 명쯤 기대했는데.

임팔이 천천히 자리에서 일어난다.
그러고는 연미복 재킷을 벗는다.
왕겐조는 그때까지도 돌아서서 있다.

임팔   (거울 앞에서 재킷을 벗으며) 놀랐나? 노부오한테는
                내가 나중에 사람을 보낸다고 전해줘.
왕겐조   (여전히 돌아서서) 선생님. 선물이 하나 더 있습니다.
임팔   그래? 이번엔 좀 쓸 만한 물건이면 좋겠는데.

왕겐조가 탁자 위에 이치고의 자백서를 올려놓는다.
임팔이 다가와 자백서를 든다.
읽는다.
임팔의 자세와 얼굴이 조금씩 변하고,
다 읽은 뒤엔 왕겐조를 향해 아무 일 없었다는 듯이.

임팔   잘 받았다고 전해줘.
왕겐조   예.

사이, 임팔은 접어 든 자백서를 들고 몇 걸음 돌아다니다가,
나가지 않고 서 있는 왕겐조를 바라본다.

임팔	왜 그러고 서 있지? 가보라는데도?
왕겐조	달리 더 전하실 건 없으신지요.
임팔	글쎄. 없는데.
왕겐조	예.

사이.
왕겐조는 계속 나가지 않고 서 있다.
임팔은 옷과 잘 맨 나비넥타이가 불편한 듯,
연미복 재킷을 벗는다.

임팔	이게 그 친구가 직접 쓴 건가?
왕겐조	예.
임팔	자기 집에서? 아니면 대학에서 무슨 일이 있었나? 뭐… 어떤 정치적 압력이라든지… 아니면… 인텔리들의 집단적인 뭐 그런 거 있잖아.
왕겐조	집에서 쓰셨습니다.
임팔	대학에서 무슨 과목을 가르치지?
왕겐조	문학인 걸로 알고 있습니다.
임팔	문학?
왕겐조	예.
임팔	자서전이라도 쓰겠다던가?
왕겐조	그건 아닙니다.
임팔	이런 걸 나한테만 보내는 거야, 아니면 여기 나와 있는 세 사람한테 다 보내는 거야?
왕겐조	다 보내드릴 겁니다.
임팔	혹시. (짧은 사이) 이걸 읽었나?

잠시 사이.

왕겐조	예.
임팔	읽었다? 주인이 심부름 시킨 걸 열어봤다는 소리네?
왕겐조	제 주인이 아니십니다.
임팔	집에서 일한다고 하지 않았나?
왕겐조	저는 요코하마에서 상점을 하고 있습니다. 매달 선생님 댁으로 주문하신 걸 가져다드립니다. 집에서 일을 하는 게 아니라, 한번씩 집으로 찾아뵙고 있습니다.

왕겐조를 바라보는 임팔의 눈빛이 조금 변한다.
그리고 계속 왕겐조를 바라본다.
사이.

임팔	너 누구야?
왕겐조	저는 왕서갭니다.
임팔	여기 적힌 이름? 만주에서 그 사냥꾼?
왕겐조	예.
임팔	(짧은 사이) 이걸 네가 시킨 거야? 노부오한테?
왕겐조	예.
임팔	(혼잣말처럼) 병신 같은 새끼가… (자백서를 보며) 죽였나?
왕겐조	아니요. 오늘도 대학에 나가셨을 겁니다.
임팔	외무성 인간들이 뭔가를 도왔겠지? 이런 일을 혼자

할 순 없을 테니까.

왕겐조 아니요.

임팔 그럼 민주주의자들? 그놈들이겠네. 날 미친
인간으로 봤으니까.

왕겐조 아닙니다.

임팔 아아. 그럼 노부오야. 전부 내가 한 짓으로
만들려고.

왕겐조 아닙니다.

임팔 (소리친다) 내가 묻잖아! 배후가 누구야!

왕겐조 천황폐하의 생일잔치에 가는 게 좋으십니까?

임팔 뭐라고?

왕겐조는 주머니에서 빠칭코 알 두 개, 혹은 구슬 두 알을
꺼낸다.
그리고 그것을 테이블 위에 올려둔다.
빠칭코 알은 은색의 구슬처럼 생겼다. 마치 구슬만 한 은단
같다.

왕겐조 빠칭코 알입니다. 두 알이죠. 빠칭코는 해본 적이
없어요. 제가 이 빠칭코 알을 4년 전에 던졌습니다.
그 천황폐하 생일잔치에서. 그리고 감옥에서 1년
반을 살았습니다. (옅은 웃음) 전쟁 때였으면 총살을
당했을 텐데, 아직도 주둔하는 미국 눈치를 봤는지,
겨우 1년 반이었습니다. 아니면… 빠칭코 알을
제대로 못 맞춰서 그랬을 수도 있고요. 항상 가지고
다닙니다. 언제 어디서 다시 만날지 모르는

일이니까요.

임팔   이 미친 새끼가.

왕겐조는 빠칭코 알을 다시 주워 꼭 쥔다.

임팔   죽여버리기 전에 꺼져.

왕겐조   제 집사람은 어디에 묻었습니까.

임팔   (비웃음) 모르겠는데. (어이가 없다는 듯) 아… 이게 무슨 경우야. 그러니까 조직이고, 세력이고 뭐 아무것도 아니네? 그냥 달랑 너 하나?

왕겐조   전쟁 때 세운 공으로 지금 입고 있는 그 옷. 분명히 아십니다. 하늘의 전사를 쏴 죽이고 웃으면서 갔던 것도 선생님이세요.

임팔   하늘의 뭐? 좋게 말할 때 꺼져. 요코하마를 다 뒤져서 네가 아는 연놈들을 전부 쓸어버리기 전에.

왕겐조   마을 우리 집에 처음 들어온 것도 선생님이고… 마당의 매들을 전부 잡아 가라고 명령한 것도 당신이었으니까… 죽여서… 어떻게 했습니까. 머리에, 불을 붙였습니까? 정신을 차리게 해주려고? 그래서 발버둥 칠 때… 잘랐어? 아니면 앉혀놓고 뒷목을 벴어? 신이 되고 싶어서? 막사 근처를 다 뒤져도 시체 하나 없었습니다.

임팔   (견딜 수 없는 듯 제자리를 발로 차며 악다구니를 쓴다) 닥쳐! 이 구역질 나는 중국놈 새끼야! 이 버러지 같은 개새끼! 다 죽여버렸어야 됐는데! 병신 같은 놈들이 이거 하나를 남겨뒀어! 이 개새끼들!

오늘이 어떤 날인데!

왕겐조는 임팔이 벗어놓은 연미복에서 훈장 하나를 뜯어낸다.

임팔   이 개새끼야!

임팔은 왕겐조가 뜯어낸 훈장을 빼앗으려고 달려든다.
왕겐조는 빼앗기지 않기 위해 버틴다.

왕겐조   죽여서 어떻게 했어? 어디에 묻었어?
임팔   (빼앗으려 하며) 내가 어떻게 여기까지 왔는데!
             내가 어떻게 살아남았는데!
왕겐조   (버티며) 어디에 묻었어! 대답해.
임팔   (계속 빼앗으려 하며) 넌 총살이야! 도쿄 한복판에
             매달아서! 내장까지 다 뚫어 죽여버릴 거야!
왕겐조   죽여! 백 번, 천 번 죽여 봐! 그 천황이 널 똑같이
             해줄 테니까.
임팔   내 목숨 값이야! 지옥을 누벼서 얻은 내 목숨 값!
왕겐조   니들은 전쟁범죄자야. 그걸 훈장처럼 달고 다니는
             악마 새끼들. 그래서 그런 인간을 교수에 앉히고,
             외무성에 앉혔겠지!

왕겐조는 임팔에게서 빠져나와 그로부터 떨어진 곳에 선다.
왕겐조는 거친 숨을 내쉰다.

임팔   전쟁범죄라고…? 외무성까지 올라온 내가…

전쟁범죄자라고?

왕겐조   어디에 묻었어. 돌아가서 찾아야 돼. 내 딸 옆에
                묻어서, 다시 만주에서 살 거야. 다시 매를 기를
                거고, 몇 년이 걸려도 훈련을 시킬 거고, 이
                지긋지긋한 지옥을 떠나서, 만주로 갈 거야.
                나는 왕서개야. 요코하마 중국인 거리 왕겐조가
                아니라, 왕서개. 어디에 묻었어.

임팔은 조용히 탁자로 돌아와 앉는다.

왕겐조   대답해.

임팔   그게 왜 그렇게 중요하지?

왕겐조   돌아가야 되니까.

임팔   (재스민 술을 한 잔 마신다) 네 말이 맞아. 내가 널 죽이면
                일본 전체에 부담이 될 거야. 아내를 많이 사랑했나?
                와서 좀 앉지. 좋은 거래가 될 것 같은데.

왕겐조   대답해.

임팔   좋아. 사실을 얘기하지. (짧은 사이) 기억에 없어.
                전혀 없어. (자신의 머리를 두드린다) 내가 머리가 나빠.
                너무 많은 전투를 치르다 보면, 너무 많은 사상자를
                내게 되고, 그걸 일일이 기록하는 변태는 아니라서.
                사냥꾼 토벌이 있었던 건 기억하는데, 누굴, 어디서,
                어떻게 죽였는가… 난해한 질문이야. 그 21년 전
                일을 기억하는 인간이 있다면, 지구상에 너 하나야.
                군인한테 특별한 죽음은 없어. 자기 자신을 빼고는.

임팔은 무방비라는 듯 두 팔을 들어 보인다.

임팔　　와서 들어봐. (왕겐조가 가만히 있자) 부탁이야. 그래.
　　　　네 말이 맞아. 일본은 잘못돼도 한참 잘못됐어.
　　　　천황이 지배하고, 아시아를 삽시간에 장악했던
　　　　국가는 어디로 갔지? 넌 21년을 기다렸겠지만,
　　　　난 평생을 기다렸어. 일본의 전승을. 내가 널
　　　　죽이면 범죄가 되지만, 네가 날 죽이면 전쟁이
　　　　될 거야. 이런 게 진짜 대의지. 죽여. 넌 원한을
　　　　풀고, 난 신념을 지키고. 원원.

왕겐조가 다가와 일본도를 든다.

임팔　　날 죽이면 알게 될 거야. 폭탄이 만주를 뒤집어
　　　　놓으면 드러나겠지. (왕겐조를 올려다보며) 죄책감 같은
　　　　건 필요 없어. 자. 나를 죽여. 암살 소식이 퍼지면
　　　　중국계 일본인 탄압이 시작될 거야. 당하고 있을
　　　　리가 없지. 이게 순리야. 탄압은 폭동이 되고,
　　　　폭동은 전쟁이 되거든. 나로부터 시작된 3차 대전.
　　　　(소리친다) 잘 있어라! 겁쟁이들아! 돌아온다!
　　　　태풍이여! 신의 바람이여!

왕겐조는 처참한 얼굴로 임팔을 바라본다.

임팔　　폭동에 전쟁까지 시간이 좀 필요하겠지만, 기다릴
　　　　수 있잖아? 그럼 금방 알게 된다니까?

왕겐조	어디에 묻었어!
임팔	제발 부탁이야. 이런 기회 다신 없어. 나 죽이고 싶잖아. 네 마누라를 얼마나 끔찍하게 죽였겠어? 기억도 안 날 만큼 하찮은 년이야.
왕겐조	악습이야. 악습이지. 도망도 못 쳐서 뒤처지는 여자들이 있었어. 꽉 조여놓은 기모노 때문에. 그걸 벗고 달리면 되는데도 끝까지 뒤처지게 만드는 게 악습이지. 너처럼.
임팔	맞아. 그래서 뒤처진 거야. 여긴 아직도 기모노를 입어. 전쟁에서 배운 게 없으니까. 남자답게, 빨리 끝내. 넌 신이 될 거야. 일본 전체가 네 이름 석 자를 기억할걸. 왕서개.

왕겐조는 일본도를 다시 제자리에 놓아둔다.

임팔	무슨 짓이야? 안 찾을 거야?

왕겐조는 나무 상자를 다시 챙기고,
이치고의 자백서를 다시 접어 넣는다.
임팔은 넋이 나간 듯, 일본도를 가만히 바라보고 있다.

임팔	기억이 안 난다니까…

왕겐조가 천천히 걸어 나간다.
임팔이 왕겐조의 뒤에 대고 소리를 친다.

임팔   기억이 안 난다니까! 꼴좋다! 네 마누라!? 내가
             아니었어도! 어차피 뒈졌어! 계속 찾아다녀 봐!
             얼마나 헛수곤지 알게 될 테니까! 여긴
             대일본제국이야! 천황이 지배하고! 황국 신민이
             살 수 있는 대일본제국!

임팔 혼자 남겨진 사이.
그는 일본도를 더 바라보다가,
이내 전신 거울 앞으로 가 벗어둔 재킷을 다시 입기 시작한다.
임팔은 거울 속 자신을 바라보다가,
훈장 하나가 떨어져 나간 옷깃을 한참 바라본다.
그러고는 거울 속의 자신을 마주 보고 두 손을 높이 번쩍
든다.
외친다.

임팔   덴노 헤이카 반자-이! 덴노 헤이카 반자-이!

임팔, 나간다.
텅 빈 무대.
임팔의 집을 빠져나온 왕겐조가 나무 상자를 들고 다시
걷는다.
그는 주머니에서 임팔의 훈장 하나를 꺼낸다.
그러고는 빠칭코 알을 멀리 던져버리고,
훈장을 주머니에 넣는다.

3장. 작전명 바로바로싸

작전명 바로바로싸의 집.
앞선 일본식 가정과 흡사하게 생긴 집에는 테이블과 의자,
작은 서랍이 있고 하나코 혼자 앉아 있다.
하나코는 방 안에 틀어박혀 있는 아들에게 잔뜩 화가 나 있다.

하나코 (방 안의 아들을 향해) 이번에는 또 무슨 사고를 친 거야.
     누구야? 얼마나 많이 때린 거야. 네가 한 대도
     안 맞고 돌아온 걸 내가 다행이라고 생각해도 되는
     건지 모르겠다. 나와봐. 엄마랑 같이 그 집 가. 가서
     잘못했다고 빌어. 계속 그렇게 있을 거야? 또 너
     때문에 내가 고개를 숙여야겠어? 다른 집 애들을
     봐. 어떻게든 열심히 살아서 뭐라도 해보겠다고
     하는데, 어떻게 너는 그 나이를 먹도록 내 속을
     썩이는 거야? 왜 그랬는지 이유도 말 안 하고,
     그러다 잘못해서 진짜 큰일이라도 나면 어쩌려고
     그래. 아빠 없는 자식 소리 안 듣게 하려고 내가
     얼마나 노력하는지 몰라서 그래? 네가 사고 칠
     때마다 나가는 돈은 어떻고? 너는 이 엄마가 미군
     건물에서 청소나 하는 게 불쌍하지도 않아? 도대체
     내가 언제까지 좀 봐달라고 빌어야 돼…

하나코는 테이블에 엎드린다.

왕겐조가 들어온다.

왕겐조   실례합니다.

하나코가 벌떡 일어난다.

하나코   (왕겐조를 바라보고, 방 안의 아들에게) 너 때문에 내 명에
            못 살아!
왕겐조   안녕하세요. 저는…
하나코   (왕겐조를 향해 고개를 푹 숙였다가, 허리까지 숙인다)
            안 그래도 제가 찾아뵈려던 참이었는데, 직접
            오시게 해서 정말 죄송하네요. 이쪽으로 앉으세요.
            (왕겐조는 테이블에 가서 앉고, 하나코는 계속 서서 이야기한다)
            아드님 치료비나 배상해드릴 게 있으면 꼭
            책임지겠습니다. 정말 미안합니다. 아들 녀석은
            틀림없이 혼을 낼 거예요. 다시는 이런 일이 없도록
            하겠습니다. 학교에도 알리실 생각인가요?
            혹시라도… 만약 그럴 생각이시면… 제가 드릴
            말이 없습니다. 잘못을 했으면 당연히 학교에서도
            처벌을 받아야죠.

왕겐조는 말없이 하나코를 바라보기만 한다.
하나코는 방 안의 아들을 향해 소리친다.

하나코   (아들에게) 이리 나와봐! 나와서 네가 직접
            잘못했다고 말씀드려!

왕젠조	아니요. 저기… 사모님. 저는 아드님 일에는 아무 관계가 없습니다.
하나코	예…? (짧은 사이) 그럼 누구세요?
왕젠조	나카노 씨를 뵈러 왔습니다.
하나코	제 남편 되는 사람인데요.
왕젠조	안녕하십니까. 나카노 씨하고는 오래전에 만난 적이 있습니다.
하나코	(다소 경계하며) 오래전이 언젠데요?
왕젠조	21년 전이요.
하나코	21년이면… 여기 없을 땐데.
왕젠조	네. 알고 있습니다.
하나코	우리 집은 어떻게 알았어요?
왕젠조	노부오 선생님께서 알려주셨어요.
하나코	노부오 선생님이요? 그게 누군데요?
왕젠조	아… 나카노 씨도 잘 아는 분인데…
하나코	친구요?
왕젠조	네.
하나코	노부오… 노부오라… (짧은 사이) 아… 혹시… 그… 무타구치?
왕젠조	(확인하고, 안심한다) 네.
하나코	(다소 냉랭해져서) 근데 여기 분이 아니네요?
왕젠조	4년 전에 만주에서 왔습니다.
하나코	그럼 중국 사람이란 말이네요.
왕젠조	네.
하나코	거기서 제 남편을 봤다고요?
왕젠조	네.

하나코	(잠시 침묵) 뭐 때문에요?
왕겐조	그게… 직접 뵙고 말씀을 드렸으면 하는데…
하나코	죽었어요.
왕겐조	(짧은 사이) 언제… 요?
하나코	죽은 지가 언젠데. 전쟁 끝나고 들었으니까,
	전쟁 때 죽었겠죠.
왕겐조	언제, 어디서 돌아가셨는지는 모르시고요?
하나코	그런 걸 누가 알려주겠어요.
왕겐조	(짧은 사이) 상심이 크셨겠습니다.
하나코	어떻게 만난 사이에요?
왕겐조	만주 사냥터에서 잠깐 뵀어요.
하나코	사냥터요? 근데 왜 찾아왔는데요?

왕겐조는 작은 상자에서 재스민 차 한 통을 꺼내
하나코에게 내민다.

왕겐조	이걸 드리려고…
하나코	차 한 통 때문에요?
왕겐조	네. 요코하마에서 작은 가게를 해요.
하나코	아… 그래요?
왕겐조	네.
하나코	여기까지 오셨는데, 드릴 건 없고… (재스민 차를
	가리켜) 이거라도 내드릴게요.
왕겐조	네.

하나코는 잠시 나갔다가

뜨거운 물이 담긴 주전자와 찻잔 두 개, 차를 우릴 작은
주전자를 담아 나온다.
하나코는 재스민 차를 하나 꺼내 담고,
작은 주전자에 뜨거운 물을 붓는다.

하나코   좋은 차네요.

왕젠조   저희 가게에서 제일 좋은 걸로 가져왔어요.

하나코   이런 걸 팔아요?

왕젠조   이것저것 중국 음식이나 물건들이요.

하나코   장사가 괜찮아요?

왕젠조   네. 그럭저럭이요.

하나코   요코하마에는 중국 사람이 많나 봐요.

왕젠조   손님은 거의 일본 분들이세요.

하나코   이런 장사는… 돈이 좀 많이 있어야겠죠…?

왕젠조   물건을 뗴 올 데가 있으면… 자리만 있으면 돼요.

              혹시… 생각 있으세요…?

하나코   (손사래) 평생 장사라고는 해본 일이 없어요. 그냥…

              궁금해서.

왕젠조   계속 혼자셨으면… 많이 힘드셨겠네요.

하나코   사는 게 다 그렇죠 뭐.

잠시 차를 우리는 사이.

하나코   만주에서 제 남편은 어땠어요?

왕젠조   (짧은 사이) 다른 군인들이랑 비슷할 거예요.

하나코   (옅은 미소) 그래요? 다행이네요.

왕젠조	뭐가요?
하나코	난 또, 날파리에도 놀라는 사람이라 걱정만 했네요.
왕젠조	그땐 겁이 많으셨나 봐요.
하나코	(미소) 네. 총 맞아 죽을까 봐 무서운 게 아니라, 벌레에 물리는 거… 여름에 덥고, 겨울에 추운 거… 마음껏 못 먹고, 못 노는 거… 그런 게 더 무서웠을 거예요. 그냥… 자기가 군인이어야 한다는 거 말이에요.
왕젠조	누구나 처음엔 그랬을 거예요…
하나코	언제 본 거예요?
왕젠조	32년이요. 남편 분이 어디에 묻혔는지 아무도 얘기를 안 해주나요?
하나코	그렇죠. 다들 바쁘잖아요. 자주 편지를 보내왔는데, 언제부턴가 없길래… 갔구나… 했어요.
왕젠조	편지요?
하나코	네. (옅은 미소) 편지를 쓴 건지, 일기를 쓴 건지. 연애편지는 안 써본 티가 난다니까요.
왕젠조	마지막 편지는 그럼 어디에서…
하나코	상해였던 것 같은데.
왕젠조	전쟁 후에 상해에 가보신 적은 있어요?
하나코	거기에요? 무서워서 못 가요.
왕젠조	역시… 그렇겠네요.
하나코	몸은 없어도 그냥 가슴에 묻는 거죠. (짧은 사이) 지금까지 그 사람을 보겠다고 누가 찾아온 적은 한 번도 없었는데… 설마 돈이라도 빌린 거예요?
왕젠조	(쓴 웃음) 사냥터밖에 없는 데라… 돈은 쓸 일이

없었을 거예요.

하나코　　거긴 정말 사냥터밖에 없어요?

왕겐조　　네. 그때는요. 지금은 아마… 다 없어졌을 거예요.

하나코　　거기도 벌써 개발이 시작됐나 봐요.

왕겐조　　아니요. 사냥꾼이 없어졌으니까요. (짧은 사이)

　　　　　나카노 씨 사진을 볼 수 있을까요?

하나코　　(일어서며) 잠깐만요.

하나코가 서랍장으로 가서 사진을 찾아온다.

하나코　　(건네주며) 안 꺼내본 지 오래됐네요.

왕겐조는 사진을 받아서 한참 들여다보다가,
사진 속 나카노가 맞는지 보기 위해
사진을 멀리 들고 마치 말에 올라탄 것처럼 살펴본다.

하나코　　찾는 분이 제 남편 맞아요?

왕겐조　　군복을 입고 찍은 사진은 없나요?

하나코　　그런 게 있으면 나도 보고 싶네요. 거기로 가고는
　　　　　한 번도 못 봤으니까. 아닌 것 같아요? 아니죠?

왕겐조　　(사진을 바라보며) 인상이 많이 다르긴 한데…
　　　　　맞는 것 같아요.

하나코　　나카노라는 이름이 흔해요.

왕겐조　　제가 찾는 분이 맞아요.

하나코　　그건 한참 전에 찍은 건데… 이목구비가 참 좋죠?
　　　　　전쟁이 사람을 바꿔놓는다고들 하잖아요. 죽지

않아야 되니까 좀… 달라졌을 순 있겠지만…

왕겐조 　다들 전쟁 전엔 좋은 사람이었나 봐요.

하나코 　그럼요. 그땐 군대에 가는 게 자랑거리였어요.
　　　　 징집에서 떨어지면 동네 엄마들이 창피해서 고개를
　　　　 못 들 정도였으니까. 아들을 군대에 보낸 엄마들은
　　　　 슬퍼서도 울지만… 기뻐서도 우는 시절이었어요.
　　　　 그놈의 전쟁 때문에 사람만 불쌍하게 됐어요.

아들의 방에서 경쾌하고 요란한 음악 소리가 울려온다.

하나코 　(아들에게 소리친다) 그거 좀 꺼! 손님 왔잖아!

왕겐조 　괜찮습니다.

하나코 　(한숨) 자식은 있겠죠?

왕겐조 　아니요.

하나코 　그럼 모를 거예요. 하긴 아빠들은 자식이 있어도
　　　　 잘 모를 거예요. 자식 키우는 게 얼마나 머리를
　　　　 조아리는 일인지. 나는 한 달에도 몇 번씩 남의 집
　　　　 찾아가서 빌어요. 죄송합니다, 다 제 탓입니다.

왕겐조 　아드님은 방에만 있네요.

하나코 　뭐가 불만인지 제가 집에 있을 땐 나와보지도
　　　　 않아요. 점점 음침해지고, 도대체 무슨 생각을
　　　　 하는지도 모르겠어요. 누굴 닮아서 저러나.

왕겐조 　아드님은 나카노 씨를 별로 안 닮았나 봐요.

하나코 　맞아요. 반이라도 닮았으면 좀 더 사내다웠을 텐데.
　　　　 근데 안 닮아서 다행인 것도 있어요.

왕겐조 　뭔데요?

하나코	담배요. 얼마나 피워댔는지, 하루종일 물고 살았으니까요. (옅은 미소) 하도 화가 나서, 내 머리카락도 말아 피우라고 했더니, (좀 더 활짝 웃는다) 그랬더니 그 인간이 진짜 제 머리카락에 종이를 말더라니까요.

하나코는 찻주전자를 확인한다.

하나코	이제 마셔도 되겠네요.

하나코는 왕겐조의 찻잔에 차를 따르고,
자신의 잔에도 따른다.

하나코	(차를 따르며) 일본엔 혼자 온 거예요?
왕겐조	네.
하나코	처음 뵌 분인데, 제가 별 소릴 다 했네요.
왕겐조	괜찮습니다.
하나코	외간 남자랑 잘도 말을 한다고 생각하실지도 모르겠네요.
왕겐조	아니요, 저도 상점에 오는 분들이랑 말을 많이 하려고 노력하니까요.
하나코	그래요? 저도 그래요. 일을 하다 보니까 그렇게 되네요. 미군 건물에서 청소를 하는데, (웃음) 당연히 남자밖에 없으니까요. 참 친구 분이면… 이름이 어떻게 되세요? 편지에서 봤을 수도 있고.
왕겐조	예전에는 왕서개였습니다.

하나코	왕서개… (짧은 사이) 본 기억이 없네요.
왕겐조	제 이름은 모르셨을 거예요… 사모님은요?
하나코	저는 하나코예요. 이름도 불려본 일이 별로 없는데… 사모님이라는 말은 듣기 좋네요.

하나코가 차 한 모금을 마시려다 만다.

왕겐조	(짧은 사이) 안 드세요? 향이 좋아요.
하나코	뜨거운 건 잘 못 먹어요.
왕겐조	이 정도면 많이 식어서 괜찮은데.
하나코	(자신의 가슴을 쓸어내리며) 지금 여기가 하도 뜨거워서. 찬물에도 잘 우러나는 차는 없어요?
왕겐조	(옅은 웃음) 그런 게 나오면 정말 떼돈을 벌겠네요.
하나코	방법이 있을 텐데. 잎을 보약처럼 달여서 팔면 어때요? 그럼 찬물에 섞어 마시면 되는데.
왕겐조	좋은 생각이네요. 보관하기가 조금 어려운 것만 빼고요.
하나코	맞구나. 미련한 생각이네요. 그냥 놔두면 식는 걸. 안 그래요? 시간이 지나면 다 괜찮아지잖아요.
왕겐조	글쎄요… 영원히 식지 않는 것도 있잖아요.
하나코	에이. 그런 게 어딨어요. 화산도 놔두면 식어서 굳고, 물도, 바람도, 열도 다 가라앉아요.
왕겐조	(하나코가 그랬듯 자신의 가슴을 쓸어내리며) 여기가 너무 뜨겁다면서요.
하나코	심장은 식으면 죽으니까. 나는 살려고 뜨거운 거예요.

하나코는 찻잔을 보며 슬며시 미소를 짓고,
왕겐조는 그런 하나코를 그리움 가득한 얼굴로 바라본다.

왕겐조   혹시… 나카노 씨가 편지를 자주 보내왔나요.

하나코   그걸 자주라고 해야 하나… 한 달에 한두 번씩은
         될 거예요.

왕겐조   많이 기다리셨겠어요.

하나코   편지요? (잠시 사이) 그것밖에 없으니까요. 편지라는
         게 참 신기해요. 처음 받을 땐 거기 적힌 글씨만
         보다가, 나중에는 다른 것들도 보여요. 한 지붕
         밑에서 살던 때보다… 편지로 살던 때가 더
         사이좋은 부부 같았고… 우리가 이렇게 다정했나
         싶고…

왕겐조   실례지만… 제가 편지를 좀 볼 수 있을까요?

하나코   (잠시 침묵) 그건… 좀 곤란하겠네요.

왕겐조   32년에 만주에서 보내온 편지만…
         부탁드리겠습니다.

하나코   없어요. 그때 편지는.

왕겐조   그때가 아니더라도 만주에는 꽤 오래 계셨을 거예요.
         사냥꾼들에 대한 얘기가 적힌 건 없었나요?
         동북 평원이에요. 거기서 다른 네 분들하고 같이
         다녔어요. 아마 나중에라도 그때 얘기를 적은 게
         있을 텐데. 제가 꼭 확인해야 되는 게 있어서요.

하나코   저기… 아무리 그래도 부부 간에 주고받은
         편지예요.

왕겐조   그러면… 사모님이 확인하시고, 그 부분만 제가

볼 수 있게 해주시면… 제가 그걸 본다고 해서
사모님 댁에 나쁜 일이 생기거나 그런 건 전혀
없어요. 맹세해요.

하나코의 모습은 마치 금방이라도 굳어버린 화석처럼 차갑다.
그는 자리에서 일어선다.

왕젠조	(함께 일어서며) 사모님.
하나코	나 사모님 아니에요.
왕젠조	저한테… 자식이 있냐고 물으셨죠. 딸아이가 있었습니다. 1년도 못 돼서 묻었고요… (가슴에 손을 얹고) 여기에요. 나카노 씨가 하셨습니다. 만주에서.
하나코	얘기하지 마세요.
왕젠조	나카노 씨가 상해 어디에 묻혔는지 한 번도 궁금하지 않으셨어요? 어떻게 죽었는지, 언제 죽었는지, 어디에 묻혔는지 한 번도요?
하나코	말했잖아요. 그런 건 가슴에 묻는다고. 내 남편이 그랬을 리도 없지만, 죽은 딸도 그렇게 묻었다면서요. 그럼 된 거 아니에요?
왕젠조	아직 못 묻은 게 있어요. 제 아내요. 그 사람을 나카노 씨가 어디에 묻었는지, 그걸 알아야겠어요.
하나코	이쪽도 죽은 사람이에요.
왕젠조	나카노 씨가 상해가 아니라, 일본 어디에 있었다면 찾지 않으셨겠어요? 한 번만 편지를 확인해주세요.

아들의 방에서 들리던 음악이 끝이 난다.

하나코는 테이블에 올려둔 남편의 사진을 들고 다시
서랍에 갖다 넣는다.

하나코   재가 저런 걸 왜 듣는지 아세요? (사이) 내 말을
듣기 싫어서 저래요. 지금은 왜 듣는 줄 아세요?
지 엄마가 또 머리나 조아리고, 사과를 하고 있다고
생각해서 저러는 거예요. 음악이 꺼진 걸 보면…
지금쯤 문에다 귀를 대고 있겠죠. 왜 안 가고 계속
있는지. 지금쯤이면 자기 때문에 온 불청객이
아니라는 건 알았을 거예요. 제 말 이해하시겠어요?
귀를 세우고 염탐하는 자식 앞에서 그런 얘기는
꺼내지 말아달라는 거예요.

왕겐조   알고 싶었습니다. 어디에 있는지, 왜 그랬는지.

하나코   왜… 왜. 왜 그랬는지.

하나코는 흘끔 아들의 방 쪽을 바라본다.

하나코   저랑 같은 게 궁금하시네요. 왜 그랬는지.

왕겐조도 하나코를 따라 아들의 방 쪽을 바라본다.

하나코   애 아빠가 있었으면 알아냈을지도 모르는데.
어쩔 수 없잖아요. (짧은 사이) 어쩔 수 없지 않아요?
남편이 보낸 편지에는 거기 있는 사람들이 다
적으로 보인다고 했어요.

왕겐조는 품속에서 이치고의 자백서를 꺼낸다.

임팔이 한껏 구겨놓은 자백서는 누더기가 되었고, 더러 찢겨 있기도 하다.

하나코는 자백서를 받아 읽는다.

왕겐조 거기 적힌 분들에 대해서 혹시 들은 적이 있을까요.

하나코는 자백서를 돌려준다.

하나코 아니요.

왕겐조 노부오 씨는 알고 계셨잖아요…

하나코 비슷한 이름은 어디에나 있어요.

왕겐조 다케다라는 이름도 알고 계시죠?

하나코 몰라요. 이걸 적은 사람은 제 남편도 같이 그랬다는 거예요?

왕겐조 네. 노부오 씨예요. 그걸 적은 사람이.

하나코 죄송하지만, 제 남편 이름은 빼주세요. 한쪽 말만으로 제 남편을 포함시키는 건 허락할 수 없어요.

왕겐조 제가 목격자예요. 제가 압니다. 제가 봤어요. 늘 어울려 다니는 다섯 명 중에 나카노 씨도 있었습니다.

하나코 (짧은 사이) 그 사람이 누구랑 어울렸고, 사냥꾼을 어떻게 했는지 나는 몰라요. 그만 가주세요.

왕겐조 왜… 왜 아무것도 해줄 게 없다고만 하실까요.

하나코 뭐라고요?

왕겐조	제가 찾는 걸 조금이라도 도와주실 수 있는데. 아무 피해도 없을 텐데. 왜 안 된다, 없다, 모른다고만 하는 걸까요.
하나코	왜 정말 모를 거라는 생각은 안 해요?
왕겐조	제 눈으로 봤는데, 제가 다 겪었는데, 어떻게 그걸 모를 거라고 생각해요?
하나코	전쟁터에서 이성을 잃은 사람들이에요. 20년이나 지나간 일을 누가 떠올릴 수 있겠어요? 그럼 그때 찾지 그랬어요? 죽은 사람까지 찾아온 걸 보면, 더 빨리 찾을 수도 있었잖아요? 아니면 만주에 있을 때 묻지 그랬어요? 다 아물어가는 마당에, 왜 들쑤셔놓는 거예요?
왕겐조	상해에는 무서워서 못 간다 하셨죠.
하나코	다 무서운 사람들이라고 했으니까요. 칼로 찢어 죽이고, 세뇌시키고, 죽이려고 달려드는 사람들이라고 했으니까요.
왕겐조	만주에서 나카노 씨도 그랬어요. 그래서 찾아갈 수가 없었어요.
하나코	나가세요!

왕겐조는 그 자리에서 천천히 무릎을 꿇고 앉는다.
하나코는 그런 왕겐조를 바라보다가 시선을 피해버린다.

왕겐조	겁이 났습니다. 더 일찍 찾아뵙기엔. 저 좀 도와주십시오.
하나코	제발 가주세요. 신고하기 전에.

왕겐조 　아드님 문제에 사과를 받으러 오는 사람들은
　　　 왜 찾아온다고 생각하십니까.

하나코 　그 오랜 세월이 지나서 찾아오는 사람은 없어요.

왕겐조 　저도 같은 동네, 같은 학교, 가까운 이웃이었다면
　　　 이렇게 오래 걸리지 않았을 겁니다. 제가
　　　 아드님한테 피해를 본 사람이었다면, 정당한
　　　 사과를 받았겠지요.

하나코 　아니요. 그건 그쪽이 우리 이웃일 때만. 그리고
　　　 내 아들을… 살인자 취급하지 말아요. (짧은 사이)
　　　 나도 그 사람 사진을 처박아 두고 며칠 몇 달씩
　　　 꺼내보지도 않아요. 그래요. 나도 궁금했어요.
　　　 만약 자식까지 잃었으면 뭔가 해보려고 했겠죠.
　　　 이 동네에도 그런 여자가 널렸어요. 죽은 자식
　　　 생각에 울다가도 다음 날 먹고살기 위해 나와요.
　　　 누구보다 열심히 살아서 죽은 다음에나 좋은 데서
　　　 만나자고. 다 그렇게 고달프게 살아요. (짧은 사이)
　　　 그런데… 그렇게 사는데… 네 남편이 한 짓에
　　　 죗값을 받으라는 건요… 그건 너무하지 않아요…?

왕겐조 　죗값을 요구하는 게 아닙니다.

하나코는 왕겐조에게 고개 숙여 인사한다.

하나코 　그만 가주세요. 부탁합니다.

긴 사이.
왕겐조는 자리에서 일어난다.

왕겐조   오랫동안 궁금했습니다. 나카노 씨한테 안부
          전해주십시오.

왕겐조가 궤짝을 들고 작전명 바로바로싸의 집을 나간다.
하나코는 탁자 주위를 서성이다가,
서랍을 열고 오래된 편지 꾸러미를 꺼내 탁자로 가져온다.
하나코는 편지들을 헤집기 시작하고,
편지 한 통을 천천히 읽기 시작한다.
그녀는 편지를 읽으며, 약간의 당혹감을 감추지 못한다.
그리고 계속해서 읽어 내려오다가, 마지막 단락을 읽는다.

하나코   상부에는 이렇게 보고되었다. 만주 동북 평원
          사냥꾼들의 집단 습격으로 인하여 전원 사살.
          추후 재발 방지를 위하여 만주 사냥꾼 토벌을
          허가해주길 바람. 토벌 요청은 승인되었고,
          방법은 자유였다. 이것이야말로 우리의 신념,
          분골쇄신이었다. 더 이상 항의를 하러 찾아오는
          사냥꾼은 없다. 우리 앞길을 막는 건 무엇이든.
          (짧은 침묵) 죽여도 좋다. 대일본제국은 모든 걸
          승인한다. 일본은 반드시 승리하고… 나는 집으로
          돌아갈 것이다.

편지를 다 읽은 하나코는 손에 쥐고 있던 편지를 천천히
구기고, 자신의 가슴팍을 몇 번 두드린다.
아들의 방에서는 다시 음악이 울려온다.
음악 소리에 잠시 멈춘 하나코는 이내 지독하게 냉정해지고,

탁자 위의 편지들을 서랍에 넣는다.

손에 쥐고 있던 편지 한 장은 그대로 입에 욱여넣는다.

편지를 씹으며, 하나코는 다 식은 차를 벌컥벌컥 마신다.

하나코   (편지를 씹거나, 머금거나, 삼키고) **나와. 밥 먹자. 걱정 마.**
              손님은 갔어.

텅 빈 무대.

하나코가 무대를 **빠**져나간다.

그리고, 아들의 방문이 아주 조금 열렸다가, 다시 닫힌다.

왕겐조가 말들의 뒤를 쫓아 다시 걷는다.

그때 멀리서 매의 울음소리가 들려온다.

왕겐조는 걸음을 멈추고, 하늘 높이 올려다본다.

4장. 작전명 릴리

무대 위에는 간이침대가 있고,
침대 위에는 반신불수인 릴리가 혼자 누워 있다.
릴리는 이치고의 자백서를 여러 번 읽는 중이다.
침대 옆에는 작은 탁자가 있고,
탁자 위에는 왕겐조가 품고 다니는 작은 궤짝이 놓여 있다.
사이.
뜨거운 물이 담긴 주전자를 들고 왕겐조가 들어온다.
왕겐조는 곧장 주전자 안에 재스민 찻잎을 넣는다.
릴리는 자백서를 접는다.

릴리   고마워서 어쩌나… 씻을 때도 뜨거운 물이
                모자랐는데. 용케 얻어 왔네요. 금방 식을까요?
                남겨뒀다가 나중에 씻을 때도 쓰면 좋겠는데.
                뭐… 그것도 제 손으로 씻는 건 아니지만…
왕겐조   간병인은 어디 가고 없네요.
릴리   마누라가 간병인인데, 벌써 넉 달째 안 와요.

왕겐조는 릴리의 옆으로 의자를 당겨 앉고는
릴리의 다리를 주물러주기 시작한다.

릴리   아니요, 하지 마세요. 괜찮아요. 어차피… 주물러
                봐야 감각도 없는 다립니다.

왕겐조   되는 게 없다고 해서 아무것도 안 하면… 정말
         안 될 거예요.
릴리   다 봤어요.

릴리는 자백서를 탁자 위에 올려둔다.
왕겐조는 물컵에 차를 따라 건네준다.
그리고 계속해서 릴리의 다리를 주무른다.

릴리   잘 마실게요. 안 드세요?
왕겐조   드세요.

릴리는 차를 한 모금 마신다.

릴리   대단하네요. 노부오한테 이런 자백을 다
         받아내시고.
왕겐조   정작 중요한 건 빠진 자백이에요.
릴리   그 친구가 보통 영악한 게 아닐 텐데. (옛 생각에 빠진
         듯) 늘 그랬어요. 왜 그런 사람 있죠? 대장 노릇을
         하려고 아무리 발버둥 쳐도 2인자밖에는 안 되는
         사람들 말입니다. 아시잖아요. 대장은 주먹으로
         하는 거. 노부오가 딱 그랬어요. 왕서개 씨라고
         했나요.
왕겐조   네.
릴리   요코하마에 있다면서, 그럼 일본식 이름은 뭐예요?
왕겐조   왕겐조라고 불립니다.
릴리   아… 겐조 씨 안사람은 좋겠어요. 우리 마누라가

그렇게 됐어도 내가 찾아다닐까… 아마 그
여편네는 내가 일찌감치 그렇게 되길 바랐을
겁니다. 기억납니다… 그 매. 다케다가 매를 쐈을
때 이상하다고 생각했어요. 라이플로 그렇게
구멍을 뚫어서는 먹을 수도 없는데. 아마… 목에
붉은 천이 묶여 있었지 않아요?

왕겐조　주인이 있다는 표십니다.

릴리　아… 그랬구나… 혹시 여기 적힌 다섯 중에,
제가 기억납니까?

왕겐조　어렴풋이요. 희미하게.

릴리　저는 어떤 모습입니까? 겐조 씨한테.

왕겐조　글쎄요. 그런 걸 구분하기엔.

릴리　(옅은 미소) 서글프네요. 다른 사람이랑 내가
구분되지 못한다는 건.

왕겐조　죄송해요.

릴리　아니요, 그런 뜻은 아닙니다.

왕겐조　제 집사람을 어떻게 했습니까.

릴리　매 얘기를 좀 더 할까요. 한 잔 더 주시겠습니까?

왕겐조는 릴리의 잔에 차를 따라준다.
릴리는 찻잔이 채워지는 것을 바라본다.

릴리　한 잔에 목구멍을 적시고… 두 잔에는 외로움,
세 잔에는 마른 가슴을 씻고… 네 잔에 땀이 나고,
다섯 잔에 몸이 가벼워지고, 여섯 잔에 천계에
영혼이 교감하고, 일곱 잔은 견디는 이가 없다…

왕겐조는 찻잔을 들고 있다가, 릴리에게 건넨다.

릴리   고맙습니다. 방금 그거 틀린 데 없어요?

왕겐조   글쎄요.

릴리   모르세요? 저도 거기서 배운 건데, 되게 유명한
          시래요. 제가 배우는 걸 좋아해요. 대학도 다녔고…
          거기 갔을 때도 전쟁 아니고 유학 간다는 마음으로.
          차는 일곱 잔에 몸이 견딜 수 없다는데…
          궁금하네요, 진짜 그렇게 되는지. 소변 보기가
          불편해서 물도 잘 안 마신 지 오래됐어요. 일곱
          잔까지 가기도 전에 화장실이나 제대로 갈 수
          있을지 걱정이네요.

왕겐조   가기 전에 제가 도와드리고 갈게요.

릴리   아유. 아닙니다. 팔은 쓸 수 있으니까. (짧은 사이)
          하늘의 전사라는 이름은 직접?

왕겐조   네.

릴리   이름은 어떤 식으로 지어요?

왕겐조   그때그때… 특징들로 만들어요.

릴리   네… 그래야 매들끼리 구분이 되니까. 하늘의
          전사는 무슨 특징이 있었는데요?

왕겐조   사냥을 잘했어요.

릴리   그러고 보니… 매 사냥은 어떻게 하는 겁니까?

왕겐조   1년 정도 매를 훈련시켜요. 사냥 훈련은 아니고,
          다시 돌아오는 훈련이요. 매는 몸집은 작은 대신
          날개가 커요. 그래서 사냥할 때는 사냥감보다 높이
          날면서 주변을 빙글빙글 돌아요. 그렇게 나선으로

	돌다가 기회다 싶을 때 한번에 내리꽂아요.
릴리	멋있네요. 사냥감을 물어다 주는 거겠네요?
왕겐조	네. 사냥감이 완전히 죽어 있을 때도 있고, 아직 숨이 붙어 있을 때도 있어요. 죽어 있는 건 매한테 나눠주고, 아직 덜 죽은 건 제가 뒤처리를 해요. 뒤처리를 할 때도 하늘의 전사가 안 보는 데서 했습니다.
릴리	왜요?
왕겐조	자존심이요. 매의 자존심.
릴리	아…

릴리는 반신불수가 되어 꼼짝 못하는 자신의 다리를
바라본다.

릴리	이제 그만 주무르세요.
왕겐조	괜찮아요.
릴리	(잠시 사이) 그렇게 높이 나는 매는 어떻게 구합니까?
왕겐조	둥지에서 훔쳐와요.
릴리	(웃음) 자존심이 구겨지는 순간이네요. (잠시 사이. 왕겐조 말 없고) 아. 죄송합니다.
왕겐조	다들 그렇게 해요.
릴리	네. 근데 매한테는 원수가 되겠네요.
왕겐조	그럴지도요. 1년을 공들이고 나면 실제 사냥은 1년도 못 해요.
릴리	왜요?
왕겐조	철이 바뀌면 결국 남쪽으로 가거든요.

릴리	그럼 1년 사냥하자고, 새끼를 훔쳐와서 1년을 가르쳐요?
왕젠조	철이 바뀌면 다시 와요.
릴리	돌아온단 말입니까? 기억을 했다가?
왕젠조	네. 그게 약속이었으니까. 어디에 묻었습니까.
릴리	조금만 더. 너무 재밌는 얘기라. 약속을 깨는 매도 있습니까? 그러니까 남쪽으로 갔다가 안 돌아오는 매요.
왕젠조	있어요. 가끔 보이기도 하고.
릴리	만주로 돌아오긴 했네요?
왕젠조	서식지니까요. 근데 팔에는 다신 안 앉아요.
릴리	잡으면 안 돼요? 집 나간 자식은 잡아서라도 데리고 오잖아요.
왕젠조	새끼가 아니면 다시 훈련하긴 어려워서요.
릴리	아… 그러면… 그 매가 낳았을 새끼를 또 훔쳐서 오겠네요.
왕젠조	(짧은 사이) 어쩌면요.
릴리	(웃음) 이제 알겠습니다. 매가 돌아오는 이유를.
왕젠조	뭔데요?
릴리	생각해 보세요. 주인이 보고 싶어서 돌아왔겠어요? (짧은 사이) 복수. 복수하러 오는 거예요. 일리가 있죠? 매가 뭘로 어떻게 복수를 하는진 몰라도, 이치를 따지자면 그건 분명 복숩니다. (잠시 사이) 하늘의 전사도 날아갔다가 돌아온 놈이었겠죠.
왕젠조	네.
릴리	이런 것도 말이 되겠네요. (갑자기 분위기가 돌변하여)

복수하러 온 매를 우리가 대신 막아 줬다고…
(긴 침묵. 그리고 다시 웃는다) 농담입니다. 말도 안 되는
얘기죠.

왕겐조가 자리에서 벌떡 일어난다.

왕겐조   잠깐 실례하겠습니다.

왕겐조가 병실을 나간다.
릴리는 나가는 왕겐조를 바라보다가,
탁자 위에 접어둔 자백서를 뚫어지게 바라본다.
그리고 자신의 베개 밑에서 총 한 자루를 꺼내
이불 위에 올려둔다.
왕겐조가 돌아온다.
그는 릴리의 이불 위에 올려진 총 한 자루를 발견한다.
그러나 괘념치 않는다.

릴리   관두죠. 매 얘기는. (짧은 사이) 거기, 총알도 있어요.
            오래됐는데, 손질도 잘 안 해서 어떨지 모르겠네.
            한번 쏴볼래요? 내가 쏘면 여기서 날 쫓아낼
            거예요. 겐조 씨는 손님이니까 괜찮아요. 세 발밖에
            안 남았는데, 그거 줄게요. (한숨) 오랜만에 누군가랑
            얘기를 나누는데… 다른 건 없을까요? 재밌는
            얘기요. 마누라가 안 온 건 넉 달이고, 훨씬 전부터
            말 상대가 없었어요. 그러니까… 조금만 더.
            본론으로 가기 전에 몇 개만 더요.

왕겐조는 말없이 다리만 주무른다.

릴리   겐조 씨? (다시 깊은 한숨) 그래요. 우리가 갔어요.

왕겐조   매가 있는 집을 기억하죠.

릴리   겐조 씨도 매 얘기를 들려줬으니까, 나도 내 얘기를
　　　　좀 하게 돼요. (짧은 사이) 동북 평원… 우린 꼭
　　　　다섯이었어요. 왜 다섯 명이 하나가 됐는진 몰라도,
　　　　조합이 괜찮았어요. (자신의 손바닥을 내밀어 보며)
　　　　손가락도 다섯 개가 제일 괜찮은 것처럼 마을
　　　　하나에도 다섯이 딱 맞아요. 우리가 갔을 때야
　　　　사냥꾼은 하나도 없을 거고… 사실 그런 데는
　　　　다섯도 많죠. 반항하는 사람이 적으니까. 그래서
　　　　너무 느슨하게 생각했나… 누가 내 말에다 화살을
　　　　쐈어요. 봤어요? 못 봤겠구나. 말 하나라도 잃으면
　　　　징계를 받는데… 그러니까 갑자기 화가 나더라고요.
　　　　봐서 알겠지만, 나 되게 이성적인 사람이에요.
　　　　재밌는 얘기를 좋아하고, 상상하는 걸 즐기고,
　　　　즐거운 결과를 만들고… (옅은 미소) 사냥꾼 가족이라
　　　　그런가, 화살 솜씨가 기가 막히던데. 근데 나도
　　　　한 솜씨 하니까. (손을 들어 방아쇠를 당기는 시늉을 한다)
　　　　실력을 보여주고 싶은데, 몸도 이렇고, 패기도
　　　　없고… 마누라도 없고… 맞추고 보니까 앳된
　　　　여자애더라고요. 그게 아마 남자였으면 그냥
　　　　그걸로 만족하고 돌아갔을지도 몰라요. (어깨를
　　　　으쓱하며) 자존심. 계집애를 하나 그렇게 하고 나니까
　　　　갑자기 뭐가 씌었나 봐요. 여기서 문제.

왜 마른 낙엽에 불길이 잘 번지는지 알아요?

문제를 내놓고, 릴리는 다섯 손가락을 들고 하나씩 접으며
초를 샌다.
왕겐조는 가만히 다리만 주무른다.

릴리   반항하는 놈이 없어섰습니다. 그 마을이 그랬어요.
           라이플 한 방에 그 계집애가 그렇게 되니까, 죄다
           사방으로 도망을 가고… 참 순진하죠? 도망을
           자기 집으로 가는 걸 보면 말입니다. 아니면 우리
           관동군을 너무 얕봤거나. 아무리 생각해도
           이상합니다. 정신없이 도망쳐도 모자란 판에…
           왜 자기는 죽을 이유가 없다고 생각할까요.
왕겐조   거기까지 하세요.
릴리   뒷일은 봐서 알겠네요. 제 기억에 겐조 씨 집은…
           매가 많은 집이었겠죠. 그 마을에서도 제일 언덕
           위에 있는 집. 마당에는 매 우리가 있고… 앞마당,
           뒷마당이 있고, 흙벽은 짚을 섞어서 만들었고,
           지붕은 볏짚으로 엮었고… 왼쪽에 화장실,
           오른쪽에 살림집. 희한하게 부엌이 가운데에
           있고… 아. 뒷마당 텃밭에 작은 무덤들이 있던데.
왕겐조   매들 무덤입니다. 집사람은 어떻게 했어요.
릴리   여기까지 찾아온 걸 보면… 앞에 다른 놈들도
           아무도 알려주지 않았나 보네요. 당연하지. 하나를
           인정하면 뒤가 복잡해지니까. 자백서를 보니까
           노부오는 선생질을 하는 것 같고… 다케다는요?

왕겐조   외무성 사람이 됐어요.

릴리는 눈동자가 흔들리는 듯, 자신의 굳은 무릎을 다시
쳐다본다.

릴리   (읊조리며) 평화로운 국제 사회에 기여하며,
        일본국 및 일본 국민의 이익 증진을 꾀한다…
        외무성이라… 그랬구나. 아, 역시 대화는 길어지면
        싫증이 난다니까요.

왕겐조   이제 대답하세요.

릴리   몰라. 왜 멀쩡히 사는 다른 놈들이 말하지 않는 걸
        내가 털어놔야 되지? 뭐. 내 몸이 이래서? 아니면,
        내가 버려진 놈이라서?

왕겐조   사냥터에도 없었고, 나중에 막사 근처를 뒤졌을
        때도 없었어. 어디까지 가서 묻었어? 묻긴 했어?

릴리   다섯. 우린 다섯이라고. 다섯이면 그걸 다 묻기엔
        일손이 모자라. (비웃음) 아니, 어떻게 아직도
        이렇게 순진하지? 거기서 우리가 누구 하나라도
        묻어줬던가? 하나를 봤으면 둘을 알아야지.
        하… 참… 그쪽 사람들 답답한 건 알아줘야 돼.

왕겐조   묻은 게 아니면.

릴리   내가 어차피 감각도 없는 다리라고, 주물러봐야
        쓸데없다고까지 말했는데 아직도 이러고 있는 거
        봐. (손사래를 치며, 귀찮다는 듯) 그만둬 좀… 안 되는
        새끼는 어차피 안 돼. (갑자기 소리친다) 그만두라고!
        내 몸에 손대지 말란 말이야! 이게 사람 병신

취급하고 있어! 아… 됐고. 그만 가. 나 오줌 쌀 것
같으니까, 험한 꼴 보기 싫으면 꺼져.

왕겐조는 주무르던 것을 멈추고,
그대로 가만히 멈춰 있다.

릴리　　　뭐. 얘기 더 하자고? 알고 싶어? 노부오랑
　　　　　다케다한테는 엄청 잘해줬겠네. 안 그래?
　　　　　잘나가는 인간들인데 얼마나 친절했겠어. (비웃음)
　　　　　사내새끼가 돼서 겨우 한다는 복수가 이거야?
　　　　　지는 게 이기는 거다 뭐 그런 거야? 멍청한 새끼…
　　　　　지 마누라 잡아먹은 놈한테 한다는 짓거리가…

릴리는 이불 위의 총을 왕겐조에게 준다.

릴리　　　차라리 죽여. 내가 숟가락까지 줬는데, 떠먹여
　　　　　줘야 돼? 받으라고. 이걸로 날 죽여버리라고!
왕겐조　　말에 화살을 맞고 총을 쏜 건 네가 아니야.
릴리　　　뭐…?
왕겐조　　내가 봤으니까…
릴리　　　그때 사냥꾼은 하나도 없었어!
왕겐조　　아니… 나는 봤어. 숨어서 전부 봤어.

릴리가 크게 웃기 시작한다.

릴리　　　그런 것도 사냥꾼 기질이야? 숨어서 훔쳐보는 거?

사냥감을 빼앗기는 와중에도 손을 놓고 있었네? 매
사냥꾼이라 그랬나. 매가 없어서? (웃으며) 뭐야…
그것도 모르고 네 마누라가 좋겠느니, 부럽다느니
떠든 꼴이잖아.

왕겐조　　말에 화살을 맞고도 총을 못 쏴서 넌 다케다한테
뺨을 맞았어. 하늘의 전사를 죽였을 때도 뺨을
맞았지. 넌… 다섯 손가락 중에 제일 허약한
손가락이야. 그 다케다는 외무성 인간이 됐고.
넌 이렇게 됐고.

릴리　　꺼져… 죽여버리기 전에… 꺼져…

왕겐조　　묻은 게 아니면.

릴리는 벌게진 얼굴로 왕겐조를 노려본다.
왕겐조는 총을 들어 릴리의 이마에 겨눈다.

왕겐조　　묻은 게 아니면.

릴리는 갑자기 두 눈을 꼭 감는다.
릴리의 침상 아래로 소변 방울이 떨어지고,
왕겐조는 릴리가 담요로 감춘 사타구니를 바라본다.

릴리　　보지 마. 보지 말라고! 그래! 다 죽여버렸어!
어떻게 했냐고? 어디에 묻었냐고? 나 네 마누라
얼굴도 몰라. 니들도 구분이 안 되니까!

왕겐조　　묻은 게 아니면.

릴리는 두 손으로 총을 겨눈 왕겐조의 손을 붙잡는다.
두 사람의 힘겨루기가 벌어진다.
그러나 릴리는 왕겐조에게 밀린다.

릴리　　　췄어! 췄다고! (짧은 사이) 우리도 사냥개가
　　　　　있었으니까…

왕겐조는 총을 내려두고,
주전자 뚜껑을 열어 차를 벌컥벌컥 마시기 시작한다.
그리고 무너지듯 바닥에 주저앉는다.
긴 침묵.
왕겐조는 천천히 일어나 이치고의 자백서를 접어 품에 넣는다.
주전자를 바로 놓고, 릴리의 이불을 잘 덮어주고,
작은 관을 들어 안는다.

릴리　　　나한테 점점 썩은 내가 나. 내 생각에는 말이야.
　　　　　그게 벌써 넉 달도 넘게 안 찾아왔으니까… 아마
　　　　　도망을 친 게 아닐까 해. 병원비가 밀렸거든.
　　　　　그래서 말인데, 말 한 마리 가지고 날 찾아낸 걸
　　　　　보면, 그 여편네를 찾는 건 아주 쉬운 일일 거야.
　　　　　그렇지? 어때. 그 여자를 찾아서 나 대신 죽여줘.
　　　　　그럼 네 분도 좀 풀릴 거야. 내가 자식까지
　　　　　있었으면 그것도 줘버릴 텐데, 줄 게 없어. 세 발
　　　　　남았어. 그 여편네한테 한 발, 날 버러지 취급하는
　　　　　간호사한테 한 발, 그리고 마지막은… 나를
　　　　　쏴버리든지 마음대로 해. 다케다를 쏘는 것도

괜찮을 거야. 그게 널 가만둘 리가 없거든.

정리를 끝낸 왕겐조는 다시 권총을 집어 들고 릴리의 다리로
다가간다.
그리고는 다리에 총을 가져다 댄다.

릴리   (사색이 되어) 뭐 하는 거야…? 뭘 할 건데… 싫어…
                 쏘지 마!

왕겐조는 릴리의 굳은 다리에 총을 한 발 쏜다.
릴리는 감각도 없는 자신의 두 다리를 바라본다.

릴리   (웃으며) 뭐야. 하나도 안 아프잖아. 안 아프다고…
                 쓸데없는 짓이라니까… 더 쏴봐. 그래봤자! 우린…
                 하나도… 못 느껴.

암전.
어둠 속에서 나머지 두 발의 총성이 연달아 울린다.

5장. 왕서개

마치 만주의 드넓은 초원처럼 텅 비어 꽉 찬 무대.
왕서개가 혼자 서서 하늘을 올려다보고 있다.
그는 포수처럼 옷을 입고, 어깨엔 긴 총을 매고 있다.
그때 매의 울음소리가 들려오고,
왕서개는 매가 회전하는 방향을 따라 몸을 빙빙 돌리며
하늘을 바라본다.
그 순간, 왕서개는 마치 21년 전의 사냥꾼으로 돌아간 듯
행복하게 웃는다.

왕서개 여보! 내가 말했지? 분명히 훈련시키면 돌아온다고
     했잖아! 저기 봐. 하늘의 전사야. 내가 묶어둔 붉은
     천도 그대로야. 기억하고 있었어. 내가 알려준 대로
     전부 기억하고 있었어.

잠시 침묵.

왕서개 전부 기억하고 있어… 그래서 돌아온 거야. 나한테
     이제 복수를 하려고… (높이 바라보며) 이리 와! 와서
     앉아!

매에게 앉으라는 듯 내밀고 있는 팔을 철썩철썩 때린다.

왕서개   여기! 여기야! (마치 매가 다가오고 있는 것처럼) 그래,

그래. 옳지.

이제 그의 팔에 완전히 매가 앉은 듯, 왕겐조는 팔 언저리를
바라본다.
왕겐조가 한쪽 손으로 팔에 앉은 매를 쓰다듬으려는 순간.
매가 도로 날아가버린 듯,
왕겐조가 멀리 가는 매를 바라본다.

왕겐조   가지 마! 돌아와! 복수해야지!

왕겐조는 매고 있던 총을 하늘을 향해 겨눈다.
오래전의 왕서개가 이미 떠난 줄도 모르고.
막.

이음희곡선

왕서개 이야기

처음 펴낸날   2020년 10월 26일

지은이   김도영
펴낸이   주일우
펴낸곳   이음
등록번호   제2005-000137호
등록일자   2005년 6월 27일
주소   서울시 마포구 월드컵북로1길 52, 3층
전화   02-3141-6126
팩스   02-6455-4207
전자우편   editor@eumbooks.com
홈페이지   www.eumbooks.com

ISBN   979-11-90944-04-5 04810

         978-89-93166-69-9 (세트)
값   7,800원

+ 이 책은 서울문화재단 남산예술센터와 협력하여 제작하였습니다.
+ 이 책 전부 또는 일부를 사용할 때에는 반드시 이음의 허락을 받아야 합니다.
+ 이 도서의 국립중앙도서관 출판예정도서목록(CIP)은
  서지정보유통지원시스템 홈페이지(http://seoji.nl.go.kr)와
  국가자료공동목록시스템(http://www.nl.go.kr/kolisnet)에서
  이용하실 수 있습니다. (CIP제어번호:CIP2020038998)